C000185937

Née en 1946 à Bordeaux, Anne-Marie Garat a enseigné le cinéma et la photographie et participe régulièrement à des conférences et des colloques universitaires sur l'image. Romancière, elle a obtenu le prix Femina 1992 pour *Aden*.

Anne-Marie Garat

ISTVÁN ARRIVE PAR LE TRAIN DU SOIR

ROMAN

Éditions du Seuil

TEXTE INTÉGRAL

ISBN 978-2-7578-1914-2
(ISBN 2-02-035878-6, 1re publication)

HAMLET : Voyez-vous ce nuage là-bas ? Il a presque l'aspect d'un chameau.
POLONIUS : Par la Sainte Messe, on dirait un chameau, ma foi !
HAMLET : Ou, plutôt, je trouve : une belette.
POLONIUS : Tout à fait le dos d'une belette.
HAMLET : Ou mieux encore : d'une baleine.
POLONIUS : D'une vraie baleine, en effet.

SHAKESPEARE, *Hamlet*, III, 2.

Normalement j'aurais dû le voir, j'ai fini par le voir depuis ma fenêtre, en réalité voilà huit jours que je le voyais, mais sans être inquiet. Ce n'est pas par distraction ou par indifférence, il était pris dans le paysage. J'avais bien repéré par terre, sous les feuilles mortes, un monticule de vieux chiffons, un tas mou qui n'était pas là avant, j'ai même pensé à un vieux chien normal, couché, sauf que dans ce jardin il n'y a jamais de chien. C'est pourquoi je n'ai pas cru au chien. Je n'ai cru à rien. Il faut dire que le grille-pain est cassé, il grille mais sans arrêt-minute. Il faut surveiller. De plus, depuis quelque temps, exactement dix jours, la fenêtre de la cuisine est coincée. Le matin, par principe, j'espère que les choses iront mieux, je secoue un peu l'espagnolette, pour voir si elle cède, mais le temps est encore humide, alors je jette juste un coup d'œil dehors, avant de déjeuner, à travers la vitre. Je vois le voisin, enfin le chien, du moins j'y ai pensé une fois, ensuite je me suis habitué.

J'évite de m'habiller tout de suite, je surveille le grille-pain (de marque italienne). Je sors de la douche, je ne m'essuie pas, je laisse sécher, c'est une mauvaise habitude, on dit que la peau en pâtit, mais j'y ai du plaisir. Depuis un voyage en Grèce, à l'âge de quinze ans. À l'hôtel, mon cousin Joël et moi prenions vingt douches par jour. L'évaporation fait baisser la température pelliculaire, on a frais, et même la chair de poule, ensuite on a encore plus chaud par réaction thermique, c'est le métabolisme, je l'ai vérifié. J'éprouve du plaisir au refroidissement et à la chaleur qui s'ensuit, et à vérifier chaque fois que mon métabolisme est correct, en me souvenant de la Grèce. Quoique, en sortant de la douche, mouillé dans le miroir, je vois bien que je n'ai plus mon corps de quinze ans, mais sans rancune. J'arrose les plantes vertes tout nu dans la salle de bains, dans la cuisine, en attendant que l'eau s'évapore et que le pain grille. Ensuite je m'habille et je déjeune. Par plaisir, je jette un petit coup d'œil dehors. Pas par routine ou par curiosité. J'ai du plaisir aussi à vérifier que je possède un jardin. Je me vante, bien sûr, il est collectif, j'en ai juste la jouissance. La vue.

Mon jardin collectif est séparé de celui de gauche par une palissade, copropriété litigieuse qui nous a propulsés à quinze devant un tribunal, nous y sommes encore ; et de celui de droite par un mur de briques équipé de tessons difficiles à contester, où se trouvait le mort. Ce sont des jardins de ville, il n'y pousse pas grand-chose et tout en désordre, des arbres mal tenus, mais ça me contente de les voir, j'ai passé mon enfance en face d'un champ de betteraves. Évidemment pouilleux et crayeux, blême. Moi de même, c'est le paysage qui m'a effrayé.

Vous aussi vous seriez blême si vous aviez grandi devant cet horizon aux crépuscules dépressifs, et la route nationale de droite, de gauche, avec tout le temps des camions, dans une maison au plan insensé, que la campagne insupporte, posée comme un pot rouge sur un socle en ciment, de plus elle penche. Ici, heureusement, pas d'horizon, pas de campagne. Au fond, une haute façade aveugle, avec deux petits vasistas au ras du sol. Jusqu'au toit, le lierre grimpant *foisonne*, c'est bien le mot. Je sifflote, pour plaire aux oiseaux qui nichent dedans. Par les vasistas, je vois parfois la tête de quelqu'un, les employées asiatiques d'un atelier clandestin, une par une elles viennent faire pipi et prendre un bol d'air. Tout ce lierre échevelé, par-dessus leur tête, elles l'ignorent, là où elles sont, au sous-sol. En tout cas, toutes regardent par ici. Je n'ose pas leur faire des simagrées, des sourires, elles sont farouches. Même sans jumelles, à travers la végétation foisonnante du jardin, je vois leur tête, elles voient la mienne, et ça nous suffit, quelle vision réciproque. Preuve que je suis observateur. Or pendant huit jours je n'ai pas vu mon voisin, mort dans le jardin, près du clapier à lapins. Les lapins d'élevage sont mal tolérés en ville, on ferme les yeux. Sur beaucoup de choses. Souvent, par prudence, on s'arrête aux imperfections de la vitre, aux fantaisies de la buée, sans chercher plus loin, dans la profondeur, quel aveuglement. Il pleut depuis quelques jours, les jardins sont mouillés, les feuilles mortes s'entassent, ce qui gribrouille le décor, ma fenêtre est coincée, je suis occupé, Odile est absente. J'attends mon ami István. Je cherche à m'expliquer comment il se fait.

J'allais boire mon café, quand j'ai entendu glapir, quelqu'un qu'on étrangle, j'ai foncé à ma fenêtre. À travers la vitre, de biais, j'ai avisé la voisine au milieu du jardin de droite, une dame éclopée, éplorée, mais qui s'entretient. Je la croise dans la rue, entre ses deux cannes, elle va chez la coiffeuse toutes les semaines, mauve et crantée, en dehors de ça elle ne sort guère, surtout pas dans le jardin, qui a des bosses et des ornières. Et voilà qu'entre ses deux cannes elle dansait la gigue dans l'allée, désarticulée, agile, énervée, comme soulevée de terre par des élastiques, c'est qu'elle criait. J'ai pris mes jumelles (avez-vous remarqué que quand on voit de très près on n'entend plus rien), l'image est devenue nette à travers des branches floues, sa vieille tête de poupée de cinéma muet, ses cheveux crantés, ses grandes joues plates, ses yeux de grenouille et sa bouche violette endentée de blanc, sur le moment j'ai ri, il y avait de quoi. Puis, la surprise passée, on essaie de comprendre les causes et les raisons. J'ai balayé des jumelles pour inspecter le jardin, alors j'ai reconnu le voisin, étendu par terre, sous les feuilles mortes. Même sans jumelles, maintenant je le voyais très bien, couché sur le ventre comme depuis huit jours, en effet il avait l'air d'un chien normal, mais c'était bien lui. Il élève des lapins malgré la réprobation, le voisinage il s'en fout, incommode. Lui aussi, je le croise dans la rue, il vit à l'étage de la maison voisine, c'est le propriétaire. Il a la dame entretenue pour unique locataire, au rez-de-chaussée, côté rue, en quelque sorte sa gardienne. Ce vieux monsieur a paraît-il porté beau et mené grand train pendant la guerre, notaire, il a eu des revers, il est solitaire. J'ai été seul à descendre, à me rendre dans le jardin d'à côté, pour voir ce qui se passait. Je n'ai pas trop approché. Il était noir et vert pâle, il avait la tête tournée sur le côté mais plus de visage, une odeur âcre de marée, sucrée. Évidemment, huit jours allongé par terre, sous la pluie et les feuilles mortes, la dernière fois que je l'ai vu il rentrait chez lui, rose mal rasé, mais avec son cabas. Ça fait un choc cette différence, intense, toutes dents dehors. Une fois, j'ai vu un noyé. La dame, je ne sais comment, a réussi à rentrer vite, droite entre ses deux cannes agiles, elle était soudain très calme, digne et entreprenante, elle a appelé la police. En attendant, elle m'a dit que toutes les nuits, toutes les nuits, elle entendait couiner, elle avait voulu en avoir le cœur net, c'est son expression. Ça ne vous crispait pas, ces cris de lapins ? J'ai dit que non, grâce à ma fenêtre, et j'ignorais que les lapins couinaient. La vue du voisin mort lui avait retourné les sangs, cependant elle m'a offert un café, que j'ai refusé, à cause de mon grille-pain, que je n'étais pas sûr d'avoir arrêté. Il l'était, on a des gestes automatiques, sans faire attention, en toute occasion. Je suis retourné derechef assister la dame, mais il y avait du monde cette fois, je n'ai pas insisté. Les lapins étaient comme fous, les yeux rouges, enragés de faim. La fourrière les a embarqués avec des pinces, entassés dans des sacs, mais d'abord ils ont emporté le corps, lui-même enroulé dans un sac en plastique orange, il pleuvait.

Le soir même, nous avons eu la visite d'un inspecteur dans l'immeuble, pour l'enquête sur les causes de la mort. À première vue, le corps devait être là depuis un certain temps, sous réserve des conclusions d'autopsie. Il cherchait à comprendre comment il se faisait que, depuis ce certain temps, personne n'avait remarqué l'absence du propriétaire. Ni même ce tas de chiffons dans le jardin, que j'étais bien le seul à lui signaler. Il me semblait, mais très vaguement, ai-je corrigé, et à y repenser peut-être même pas, peut-être y ai-je seulement pensé quand la voisine a crié, et que j'ai pris mes jumelles, j'aurais dû me taire, m'abstenir de commentaires. J'avais l'air de me justifier ou de m'excuser, on aurait plutôt dit que c'était un chien normal, vous voyez. L'inspecteur n'a pas noté, preuve que c'était facultatif, à ses yeux aussi. J'ai demandé :

– Pensez-vous qu'il s'agisse d'un assassinat ?

Il ressemblait à un docteur de quartier, laconique, du genre dubitatif revêche, pas content des cas douteux. Il a vérifié ma vue sur le jardin, en jetant un coup d'œil par la fenêtre, il a pu constater que l'espagnolette était coincée, et le soir tombait.

Être nu dans la réalité ne me gêne pas, au contraire, je sens mieux mes coordonnées qu'habillé, dans les habits le corps intime se perd de vue, il épouse leurs formes, on ne sent plus qu'eux, leur confort, leur rudesse. Nu, j'ai conscience de mes limites, de mon enveloppe de peau personnelle, j'adhère à mes surfaces. Sauf s'il y a quelqu'un chez moi, le matin, quelques minutes après la douche, j'ai cette petite satisfaction. Mais être nu en rêve, cela m'arrive parfois, comme à tout le monde, une vraie horreur. La plupart du temps, j'arrive à l'Institut, je passe le contrôle, je me dirige vers l'ascenseur, je suis tout nu, et rien ne me semble plus naturel. Ce qui ne me semble pas naturel ce sont les gens, les chercheurs des différents laboratoires, on se connaît tous. Ils sont là, à attendre l'ascenseur avec moi, ils font comme si de rien n'était, ou plutôt ils s'aperçoivent très bien de ma nudité, ne feignent pas de l'ignorer, au contraire, ils posent précisément leur regard sur moi, sur ma peau, mes parties secrètes dont je n'ai pas honte, et pour lesquelles ils n'ont aucune réprobation, aucune curiosité suspecte. Que je sois nu, rien de plus conforme à leurs yeux, voilà le problème. Ils ont tellement l'air d'en savoir long là-dessus, de savoir mieux que moi qu'ainsi je suis moi, ils ont un air entendu, une espèce de connivence et d'intimité avec ma personne nue qui me trouble, puis me met hors de moi, une colère que je refrène de mon mieux, car si je la montre ils vont se réveiller, et là ce serait vraiment horrible. Je continue à dormir parce que je sais bien que je suis en train de rêver. Jamais de la vie je ne me rendrais à l'Institut dans le plus simple appareil, on m'aurait arrêté avant, je me serais aperçu à temps de ma distraction. Or je suis arrivé là sans obstacle et ces gens sont d'accord, ils savent que c'est un rêve, nous rêvons ensemble, mais pas le même, c'est insupportable.

Ce rêve n'est pas normal, d'ordinaire la nudité procure l'angoisse du cauchemar, c'est classique. Se manifeste ainsi la crainte d'être percé à jour, désarmé, impuissant, ce qu'il faut s'épuiser à cacher en société. Or je ne vois pas ce que je n'ai pas à cacher dans la réalité. Avoir rêvé que je suis nu, au réveil, me met mal à l'aise, alors je m'habille vite, sitôt que j'ai pris ma douche, ma journée en est gâchée. Un peu, n'exagérons pas, les rêves s'oublient vite dès qu'on a posé le pied par terre. Je ne suis pas du genre à les noter et les ressasser, à les raconter, surtout celui-là, au premier venu, qui se croirait obligé de me l'expliquer. À Odile non plus, elle est perspicace. Pourtant je ne suis pas un impudique amoureux de son corps, je ne milite pas sur des plages naturistes, je ne me mate pas en amateur, j'ai trop d'expérience. Je distingue pertinemment mes angles aveugles et mon manque pondéral, mes tensions entre extérieur et intérieur, autrefois j'ai fait de l'expression corporelle, j'ai toujours des rapports sexuels, pas par relâchement ni par complaisance, par contentement, et je suis observateur, tout cela est fatigant. Je crois que ma peau m'habille et que je ne suis nu que dedans. Nu je ne me sens pas nu, voilà le problème.

István Ferenczi arrive par le train du soir, comme d'habitude. Voilà des années qu'il prend son train à Budapest le matin, et s'arrête à Vienne, juste pour rendre visite une heure à la maison de Freud et boire un chocolat au café Griensteidl. Ensuite il prend le train de 13 h 22 ce qui le met gare de l'Est à 19 h 30.

Là, pour venir chez moi, il ne prend pas de taxi, il se précipite dans le métro. Il adore le métro parisien qui a, selon lui, une odeur, une atmosphère, un éclairage et une ossature sentimentale pleins d'électricité humaine, dont il ne trouve l'équivalent nulle part ailleurs, et dieu sait s'il voyage, s'il connaît des métros. Sa visite à la maison de Freud est un pèlerinage personnel, bien qu'il ne soit ni autrichien ni psychanalyste. Son grand-père a été soigné par le Pr. Tetmajer, un génial élève du maître. Il a si bien compris de quoi souffrait son grand-père qu'ils sont morts ensemble, de la même tumeur, le même jour. István considère cette coïncidence d'extinction comme la preuve de l'immense pouvoir de la psychanalyse d'établir des liens entre damnés de la terre. Il dit : le jour où mon grand-père a su la mort de Tetmajer, tout de suite, dans l'heure, il est mort. Par lui-même. De son propre chef. Voilà pourquoi mon ami hongrois fait sa révérence à Freud, au passage. À chacun de ses séjours, je me promets d'éclaircir cette histoire de mort volontaire avec mon ami, mais nous avons tellement de choses à faire chacun de notre côté (lui à l'agence de l'énergie nucléaire, moi au laboratoire), tellement de choses à nous raconter depuis la dernière fois, que, si je repense à cette question de son grand-père, il est trop tard, István est déjà reparti. Cette fois, j'en aurai le cœur net.

Quand on a sonné, j'étais encore occupé dans la cuisine avec le jeune inspecteur, je l'ai planté là. Je me suis précipité, le cœur battant, je vais me couvrir de ridicule, nous sommes perdus. Impossible que ce soit déjà lui sur le palier, non ce n'est pas lui, mais si, c'était István sur le palier, avec son sac de voyage, et un bouquet de fleurs. Il a de ces attentions qu'entre hommes on ne s'accorde guère, des œillets, la fleur qu'on achetait à l'unité dans les rues de l'Est, cinq comme chaque fois.

– Voilà un quart d'heure que je sonne, dit István, jovial et fatigué, soulagé. Je commençais à croire que tu n'étais pas là, ou bien que je m'étais trompé de palier.

Certes le couloir est long, il traverse tout l'appartement, on pourrait admettre que je n'aie rien entendu. Pourtant la sonnette est sonore, et j'étais aux aguets car j'attendais mon ami d'un instant à l'autre, puisque je sais l'heure de son train, le temps du voyage en métro, et celui de son détour chez la fleuriste, en bas de la rue. Et plus le temps passait, plus j'étais contrarié que le jeune inspecteur s'attarde, j'espérais qu'il allait écourter, qu'il s'éclipserait avant l'arrivée d'István, je n'osais pas lui dire que j'attendais quelqu'un, c'était hors sujet et j'aurais paru suspect, alors j'espérais que le train d'István aurait du retard, qu'il y aurait du monde chez la fleuriste, l'idée qu'ils se croisent commençait à m'agacer. Qu'ai-je à faire de présenter un faux docteur de quartier fourvoyé à mon ami fourbu de voyages ? J'attendais et je redoutais cette sonnette, que je n'ai pas entendue, maintenant j'étais pris en flagrant délit, on avait l'air complice tous les deux, lui ne savait de quoi, moi si.

– Ma sonnette est cassée, ai-je prétexté, hérissé, et j'ai pris les fleurs qu'il me tendait pour s'en débarrasser, sans pouvoir m'empêcher de tendre l'oreille vers la cuisine, au cas où l'autre écouterait. S'il m'entend il saura que je mens, car tout à l'heure, quand il a sonné, j'ai ouvert immédiatement ma porte, et s'il a entendu sonner cette fois-ci pourquoi ne me l'a-t-il pas signalé ?

– Mais non, elle n'est pas cassée, a dit István en appuyant sur le bouton plusieurs fois pour vérifier, et il triomphait, le timbre retentissait affreusement dans tout l'appartement, ce qui le faisait rire, le malheureux. Il a fini par entrer, et nous nous sommes embrassés.

– Deviendrais-tu sourd, Joseph ?

Il m'a pointé son index en plein plexus, la brute, il riait.

– Vous non plus vous n'avez rien entendu, n'est-ce pas ?

Je prenais l'inspecteur à témoin, c'était bien mon tour. Vexé, il a fait lâchement la moue, l'esprit ailleurs. Il inspectait mon ami, j'ai allumé la lampe, le soir tombait. István emplissait la cuisine, en long manteau de pluie au col relevé, avec ses larges épaules, son chapeau de conspirateur, j'avais l'air encore plus faux que lui, et je m'empêtrais de trop insister, d'ailleurs, un quart d'heure, c'est une façon de parler, tu n'as pas sonné si longtemps, d'ailleurs c'est sûrement un faux contact, c'est déjà arrivé ces jours-ci, ai-je menti, je vais m'en occuper.

– Inspecteur Verlaine, s'est présenté l'intrus, sans qu'on lui demande rien. Il a tendu la main à István, qui l'a quand même serrée, après une hésitation. Puis il a pris congé, vous serez peut-être convoqué.

– Tu as des ennuis ? a demandé sous mon nez István, suspicieux, l'œil noir, une fois la porte refermée, nous deux enfin seuls dans le couloir, et il n'enlevait toujours pas son chapeau.

Mon ami connaît les hommes aux mâchoires d'acier et l'autorité centralisée, il redoute encore, à son âge, l'internement, la moindre idée adjacente qu'il faut non seulement repérer, anesthésier, ligoter mais haïr sincèrement sous peine d'exécution rapide, avec la plante des pieds tailladée, et les testicules écrasés. Il a un souvenir de cage d'escalier, à dix-sept ans. C'était une période instructive de sa vie où il a appris que, quel que soit le chemin par où on passe, des cours d'immeuble, des salles de dancing désaffectées, des ruelles dont vous seul savez le dédale, des jardins sous barbelés, des mares, on finit la bouche pleine de clous, bâillonné, ligoté sur une chaise, devant un inspecteur à brassard. Mon ami sait bien qu'il s'agit de cauchemars anciens à normaliser en langue moderne, que les choses crasseuses, coupantes comme des rasoirs sont enfouies dans un vieux sac au fond de la cave. Il a de l'espoir pour les temps nouveaux et un humour sombre pour son passé, il en avait déjà quand ce passé ne l'était pas encore. Depuis les grands changements, il s'est adapté, il voyage, il compare les métros. Mais parfois, s'il est pris par surprise, il lui semble qu'il a dix-sept ans dans la cage d'escalier, c'est la raison pour laquelle il faut que je le rassure en vitesse, et qu'il enlève son chapeau. Je fais donc diversion.

Avec grand luxe de détails, je raconte la découverte macabre du voisin dans le jardin, devant son clapier à lapins, sous les feuilles mortes, l'événement qui a mis le feu aux poudres ce matin avec les cris de notre voisine, qui justifie la visite de routine du jeune inspecteur, pure formalité. Et surtout j'explique à István comment il se trouve que je voyais ce corps sans le voir, depuis huit jours, par ma fenêtre. C'est incroyable, c'est monstrueux, dire qu'on peut avoir sous les yeux tous les jours le même décor homogène de jardin, auquel on jette un regard amical et fréquent sans rien y déceler d'anormal, car chaque fois que je passe par la cuisine j'inspecte, je vérifie l'état des lieux, c'est mon plaisir, je ne m'en lasse pas. Et particulièrement le mur de lierre, j'en connais par cœur les ramifications, les arabesques, les nouvelles pousses à l'assaut du mur. Un mur de lierre, on s'imagine qu'il n'y a rien à voir, que c'est une toison, du fouillis, du gribouillage végétal enchevêtré, répétitif, anarchique, eh bien pas du tout. Je repère les zones claires, que conquièrent peu à peu les mille-pattes de racines entortillées, les masses denses où le lustre noir et le vernis des feuilles découpent des dents acérées, des flèches, des biseaux, je suis au courant des nouveautés du haut et du bas, des vasistas jusqu'au bord du toit de tuiles, où nichent les moineaux, une mésange, c'est rare, il y a même eu un merle mais il a disparu, enfin, je connais ma vue. Je suis observateur. Pourtant, durant huit jours, j'ai eu sous le nez ce pauvre voisin étendu. Certes escamoté sous les feuilles mortes, mais pas au début, les feuilles ne se sont accumulées que progressivement, il y a eu un moment où il a été visible, pour ainsi dire une anomalie, alors j'ai pensé à un chien couché, puis j'ai oublié, je me suis habitué, un tas de chiffons. Il commence vraiment à faire nuit, j'invite quand même István à jeter un coup d'œil par ma fenêtre pour qu'il juge par lui-même. Elle est coincée, à cause de l'humidité, la vitre est embuée, mais il a un aperçu de cet endroit précis que je lui désigne, qui me trouble extrêmement, j'ai l'impression d'être devant un de ces jeux de camouflage, quand on s'épuise à extraire du fond la forme d'un dessin, et maintenant j'arrive même à voir ce tas de chiffons alors qu'il a disparu, très nettement dans la demi-obscurité du soir le tumulus se présente à mes yeux, vous le verriez de même, je me réfugie sous la lampe.

– Tu te souviens du film d'Antonioni, *Blow up*, et ses photos agrandies, voilà, c'est pareil.

L'exemple est un topo du genre, n'importe qui comprendra la comparaison. Des taches, des points, des agglomérats vagues ne font une image que si, avant de voir, l'œil sait ce qu'il veut voir. S'il accommode, il reconstruit à sa guise. D'ailleurs on peut voir n'importe quoi, avec un peu d'enthousiasme et d'imagination, dans les papiers peints, les taches d'encre, les nuages, etc., sinon c'est du paysage en vrac, amorphe, indifférencié. Tout dépend du système d'hypothèses que propose l'esprit, sélection des catégories et sous-catégories perceptives, cette fois j'avais la tête ailleurs, je me demande pourquoi. Car souvent je trouve la réalité multicolore, odoriférante, pittoresque en diable, je m'arrête devant toute occasion d'être atteint par elle, je me mêle d'y trouver matière, je m'y absorbe. Odile dit que c'est une activité littéraire suspecte de décider a priori que la matière est pittoresque. Voilà qui m'inquiète vraiment, où vais-je si je perds le sens des visions d'ensemble, du début et de la fin, et de la totalité, à laquelle nous aspirons avidement. Si je ne distingue plus les anomalies dans l'ensemble. Cela m'inquiète, mais je n'en dis rien à mon ami, il est fatigué, il a voyagé. Que le voisin mort se soit trouvé compris dans mon paysage total et ne l'ait pas dérangé, qu'il n'ait pas fait signe à mes catégories perceptives me tracasse. Or, István, si je n'ai pas d'imagination, je suis plutôt observateur.

– Pas tant que ça, dit István, regarde-moi. Tu n'as pas remarqué ? J'ai laissé repousser ma moustache.

Dire que tout ce temps-là cette moustache me crevait les yeux. C'est bien le mot, car en ouvrant la porte, à peine un quart de seconde, sur le palier, j'ai failli ne pas le reconnaître, aveuglé que j'étais par ma terrible envie qu'il soit retardé, mais c'était cette moustache, évidemment. Tout cela a pour cause l'inspecteur, il me tapait sur les nerfs, à tel point que j'ai pu ne pas entendre non plus sonner la sonnette, là c'est un comble.

– Fais-toi voir un peu, dis-je, confus et riant, pour ne pas paraître ému.

Car le voilà rajeuni de vingt ans, comme du temps où nous étions tous les deux amoureux d'Alicia. Du coup, j'ai réussi à prendre son chapeau à István, son manteau, son sac de voyage, et nous voilà rendus dans la chambre d'amis – j'ai une chambre d'amis –, il s'est assis sur le lit. J'ai une chambre d'amis depuis que nous avons de haute lutte conquis l'appartement du dessus, qu'Odile s'est adjugé, car cette lutte et cette conquête furent surtout les siennes, et ont sauvé in extremis notre couple, non que nous pensions le séparer, plutôt le distinguer, chacun son niveau d'exercice. De plus nous avons un escalier intérieur qui est notre cordon domestique, notre baromètre amoureux, suivant que je le monte ou qu'elle le descende, mais pour le moment Odile est absente, elle est en Espagne.

On dirait que mon histoire de jardin a chassé les réminiscences policières d'István, il sourit, il délace ses chaussures. Il se chausse encore en vieilles chaussures de sport spongieuses, pelucheuses, s'habille en velours côtelé fripé, j'aimerais chausser moi-même, habiller mon ami en ingénieur européen émancipé, on verra plus tard.

– À propos d'Alicia, dit-il, il faut que je te raconte, j'ai de ses nouvelles.

Ah celle-ci au moins avait du chien, fessue, bonnes joues, joueuse, rebelle et tragique, imprévisible, dodue, ah dodue et athlète naturelle sans besoin d'entraînement militaire, elle aimait son corps italien avec religion, enthousiasme, indulgence, et cela vous donnait de l'effroi de la voir se mettre nue sans tambour ni trompette, expédier bras levés son chandail par-dessus la tête, aisselles foisonnantes, c'est le mot, toute seule elle se déshabille sans rien attendre de personne, vous en êtes réduit au rôle de témoin, effrayé de tant d'élégance, d'assurance et de danger, de sympathie joyeuse pour son soutien-gorge, qu'idem elle décroche, les deux bras croisés dans son dos, quelle athlète, acrobate, vous n'avez pas le temps de voir tomber ses seins, chacun pour lui-même selon son poids naturel qui est sensiblement différent, mais elle a avec son jean, sa culotte, le même rapport d'amitié, la même considération sérieuse, elle ne craint pas ses habits, ne les vénère pas non plus, ils lui servent seulement à se déshabiller et s'habiller, elle s'étire nue comme si elle les avait sur elle, elle tend sa croupe, son dos, pour que je les lui gratte où ça la démange, sous les omoplates elle a de durs plis dodus que je gratte, complaisant, j'y laisse mes traits d'ongle pour lesquels elle a un frisson de reconnaissance, elle frissonne jusqu'aux os qu'elle a robustes comme une charpente, c'est la charpente d'Alicia qu'on voit et non sa nudité, on n'a pas envie de la peloter mais de se pendre à ses épaules comme aux poutres d'un hangar, de se laisser balancer entre ses bras musclés et de tomber dans le foin frais de ses aisselles, et ce n'est pas désobligeant ni contraignant, car tout ce déshabillage naturel a pour but un plongeon impromptu tête la première dans la rivière, son ébat solitaire avec l'eau froide, elle vous laisse béer sur la berge. Avec ça, évidemment, elle n'avait que des galants, pas d'amants, qui aurait pensé sauter Alicia dans ces conditions ? Comme nous étions jeunes. C'était du temps où, étudiants, stagiaires d'été sur les chantiers de fouilles pour lui plaire, nous étions novices et amoureux d'Alicia et justement, à ce propos, souviens-toi comme nous confondait la vue perçante de notre maître Bertin-Gillet, nous traversions, myopes, devant lui le champ de fouilles sans rien voir, il passait le dernier de la file, il avait ramassé cinq, six échantillons de pierres taillées que nous avions piétinées, sélection perceptive, vieux renard. Nous, nous n'avions d'yeux que pour les fesses inaccessibles, impériales, ni muscles ni bourrelets, d'Alicia, serait-ce de la chair, de la viande, mais aussitôt qu'elle était nue la question ne se posait plus, quelle enjôleuse, or elle ne s'intéressait pas à nous, seulement au magdalénien.

– Joseph, dit István, tu es toujours le même, quel animal.

Animal, pas du tout. Ce que je n'ai pas dit, c'est que quand j'étais petit j'étais sensible, rien ne m'appartenait, ma mère rangeait, l'ordre régnait, puisque le monde était plein. Après sa disparition, je ne sentais plus rien, il n'y avait plus de différences, soudain ses odeurs ont disparu, les lotions, les crèmes javellisées, l'encaustique, le produit pour les vitres, les laques à cheveux et les sels pour le bain, et nous n'avions plus de nouvelles, elle avait tout emporté. Il a fallu que je me débrouille avec les vestiges. Les traces, les symptômes. Il y avait loin de la coupe aux lèvres. J'ai commencé à renifler, à tâter et déguster par moi-même, à sauver les apparences. Je voulais m'attacher à quelque chose. Il me fallait des sensations. Alicia était sensationnelle. Je ne suis pas un animal, mon ami le sait, il plaisante.

– Figure-toi, donc, que j'ai rencontré Alicia, dit István, malicieux, mystérieux, accrochant ses chemises sur mes cintres, en quelles circonstances tu ne me croiras pas.

Bien sûr que si, je le croirai, je le crois toujours bien qu'il me raconte des histoires, sa vérité n'est pas dans l'exactitude, il a des trous de mémoire, des arrangements avec les temps morts, István est romanesque. Son existence est romanesque, malgré ses chaussures inadéquates c'est un poète du réel, il s'emballe vite. Moi je n'ai de sentimentalité que pour la matière, elle m'émeut, dans l'instant me chavire le cœur, volatile, vibratile. Le corps d'Alicia, je m'en souviens, volubile. Sans faire d'histoires. Mais István est mon meilleur ami, le plus ancien, il a épousé ma meilleure amie. Dans la vie, on garde rarement si longtemps une relation pareille. Nous pouvons rester des mois sans nous voir, sans même nous écrire ou nous téléphoner, nous avons traversé des épisodes de vies respectives très dissidentes, nous avons des points de division, cependant rien ne nous divise, rien ne nous éloigne, nous avons besoin l'un de l'autre, de nos différences et de nos souvenirs, de nos accords, de nos malentendus. Ainsi je déteste qu'István range avec tant de soin ses vêtements, inélégants et moches. Maintenant, il range ses pulls dans le tiroir comme s'il arrivait en colonie de vacances, sa méticulosité me confond, m'exaspère, quel petit garçon craintif il est avec ses pulls, quel célibataire. Or il n'est pas célibataire, il a une femme et trois enfants, une femme excessive quand on connaît István, artiste étonnante, impétueuse, sans un sou de sens pratique, au vrai elle est bordélique. On se dit : s'il range tant, c'est à cause de cette femme négligente. Si elle était soigneuse, on dirait de même. On a tort de rapporter les manies des gens à leur entourage. Si István range c'est pour des raisons strictement personnelles, profondes et cachées, un besoin lancinant de régler leur compte aux objets indisciplinés comme aux méchancetés de l'existence. Donc j'aime regarder mon ami s'adonner devant moi avec passion à cette tâche dérisoire comme s'il était seul. J'aime qu'avec moi il fasse comme s'il était seul, quelle preuve d'amitié. Moi je ne me suis encore jamais mis nu devant lui comme si j'étais seul, ou avec Odile. Le ferais-je ? Il a fini son rangement. J'attrape deux bières, de la belge qu'il aime, j'en ai fait une provision en prévision. Nous buvons.

– Quelle histoire, dit-il rêveusement.

Je pense à Alicia, il parle du voisin.

– Quel destin de mourir face à ses lapins. Que toute une vie de trafics, compromis, élans amoureux, pensées d'avenir, et petites peurs, souvenirs d'enfance, efforts et courage, enfin ton voisin a bien son histoire à lui, comme tout le monde, et elle s'achève là, au fond d'un jardin, devant le clapier de ses lapins. Qui ont dû bel et bien assister, j'entends assister animalement à son trépas. Supposons une crise cardiaque, une embolie, une congestion immédiate. Supposons. Les quelques minutes, les quelques secondes de foudroyante lucidité finale consacrées à l'image des lapins, souverains spectateurs impavides de son agonie, c'est d'une vanité sublime.

Supposons que ce soit sublime. Vu sous cet angle. Du point de vue des lapins, cela devient proprement inimaginable.

– Pourtant, dans cette histoire, quelque chose me chiffonne, dis-je. C'est un détail mais, à ma connaissance, il n'y a pas de cri du lapin. Cette bête est silencieuse, son museau rose sensible sans cesse agité ne produit aucun son. Or la voisine prétend qu'elle entendait couiner, couiner c'est son mot, ces lapins affamés. Elle les entendait de chez elle toutes les nuits, toutes les nuits, ce qui, prétend-elle, a fini par l'alerter. Est-ce possible ? Car je t'assure qu'il y a loin de sa chambre au clapier, un long couloir qui va de la rue au jardin, et des portes, et des murs épais.

– Exact, le lapin crie, je l'ai entendu, dit István. Mon grand-père les tuait dans la cour, et le temps qu'il les tenait solidement par les oreilles d'une main, un gourdin de l'autre, pour les assommer, je peux te garantir qu'ils poussaient de faibles, faibles, mais fermes cris aigus d'écorchés, mic mic mic. Hors cette circonstance, je crois qu'on ne les entend guère. Ils crient à la mort, essentiellement, ils la sentent venir. À moins que ce ne soit cette position exceptionnelle et fatale, pendus par les oreilles, qui compresse leur poitrail au point d'en extraire leur cri impossible, je n'ai pas de notions sur l'appareil vocal du lapin, il faudrait se renseigner.

– Si affolés qu'ils aient été par la faim, par la mort, crois-tu que leurs cris, si cris il y eut, et faibles faibles comme tu le dis, aient passé les murs ? Impossible. La vieille dame extravague. La seule explication recevable est qu'elle a cru entendre leur appel dans son subconscient. Obscurément inquiète de l'absence du voisin, du silence de son appartement depuis quelque temps, dans son sommeil l'alerte a pris la forme de ces cris perçants, obsédants, elle a rêvé qu'ils criaient. Dans son rêve, c'est le mort qui la prévenait de cette façon. Il l'appelait pour qu'elle se rende dans le jardin, où elle ne va jamais, et qu'elle le trouve en son état de mort sans sépulture, sous les feuilles mortes étendu, et mette fin au scandale. Car comment se résigner à ce sort terrible de la décomposition naturelle en plein air. Dès les magdaléniens nous ensevelissions les nôtres, afin que leur spectre ne nous poursuive pas, que seule leur image demeure parmi nous et nous foute la paix, la male mort nous tourmente. Souviens-toi qu'il ne fait pas bon se promener sur les remparts d'Elseneur dans le brouillard de la nuit, on y apprend de son père ce qu'il aurait mieux valu ne pas savoir. Le spectre couinant du propriétaire est venu hanter la locataire, voilà mon hypothèse.

Et je tends mon verre, István le remplit, nous buvons.

– Ton monsieur, dit István rêveusement, maintenant je vois qui c'est. Je crois me souvenir de ce voisin. N'est-ce pas lui qui ressemblait tant à ton père ?

Mon père ! Quelle idée passe par la tête de mon ami qui n'a jamais connu mon père, et pour cause, ne l'a jamais vu de sa vie, pas même en photo, si j'avais des photos de toute façon je ne les montrerais à personne, fût-ce à mon meilleur ami. De quoi peut-il inférer cette supposition gratuite, frivole, saugrenue, cette inadmissible comparaison à laquelle il manque un membre car, si lors de ses précédents passages István a pu entrevoir le voisin dans son jardin, ou dans la rue, si j'ai pu le lui signaler comme tel, s'il a pu aussi bien le croiser personnellement et le saluer avec sa gentillesse et sa courtoisie coutumières, il lui manque tout de même l'essentiel, c'est d'avoir vu, vu mon propre père, pour être en droit d'établir entre eux un quelconque rapprochement. D'où tire-t-il cette idée, et si soudainement que j'en reste pantois, comment songer à une ressemblance entre un mort d'il y a trente ans et un vivant d'aujourd'hui, rendu à un âge que mon père n'a jamais atteint ; entre une personne en mouvement, marchant dans la rue ou dans son jardin vers le clapier à lapins, et une autre immobile sur une plage, couchée sur le sable ; entre un notaire filou et un travailleur manuel des Sucrières du Nord ? J'aurais dû éviter d'exhumer Elseneur, cela nous trouble. C'est que nous avons autrefois joué cette pièce ensemble, lui le Spectre, moi Hamlet, en version française et vêtements de ville, sur les bords du lac Balaton, quel lieu maléfique, quelle perfidie tragique, un mois de pluie, pluie et pluie, nous encadrions les vacances de petits communistes de Montreuil, échangés contre de petits semblables de Pest, en vue des fraternisations futures, quelle trahison, car dans l'oreille du roi endormi au verger fut versé le poison, la liqueur lépreuse, hostile à son sang. Elle se répand, prompte comme le vif-argent, et aussitôt elle fait son corps tel celui de Lazare, couvert d'écorce dartreuse, squame immonde. Adieu, Hamlet, souviens-toi, dit le Spectre, souviens-toi.

Non, moi je ne veux pas me souvenir, je ne veux pas revoir mon père.

La dernière fois que j'ai vu mon père vivant, il était en pyjama rayé bleu-gris et bleu-vert, dans une chambre d'hôtel, au petit matin, assis au bord du lit défait, devant cette fenêtre à balcon de bois gris qui ouvrait sur la mer du Nord, sur la brume de la plage grise et les vagues roses du petit matin. Il regardait plutôt les rideaux de motifs floraux, le papier peint de motifs merdiques, ses pieds nus aux cornes jaunes, ses chevilles maigres, la moquette jaune ; de ses yeux jaune pâle de crocodile immobile il regardait la chambre d'hôtel, avec l'air de surprise détachée, d'amusement terne qui lui étaient ordinaires, et par la fenêtre on voyait la mer grise et le sable gris de mâchefer, les filaments du ciel rose, au loin le bâtiment en béton de la colonie de vacances et les cabines de bain grises, et planté l'oriflamme bleu de la colonie, dans la brume où je passais l'été, où il est venu me voir, il avait pris une chambre d'hôtel. J'ai couché dans ce lit avec lui, nous avons mal dormi, à cause du sable dans les draps, du bruit de la route, et parce qu'il était insomniaque il se tournait tout le temps, sans rien dire, mais cela m'empêchait de dormir. Ses genoux maigres cognaient mes fesses, j'entendais les passages de voitures sur la route, leurs phares éclairaient le plafond en prenant le virage, elles partaient toute la nuit quelque part, très vite, et le sable sur ma peau piquait, m'irritait, le matin je l'ai quitté. Je suis descendu, dans le couloir de l'hôtel où je n'ai vu personne, le long du virage où passaient les voitures j'ai pressé le pas, j'ai coupé par la plage, j'ai couru dans le sable pour arriver à temps à l'heure du petit déjeuner, un chien jaune m'a suivi en reniflant mes talons, il s'est enfui vers la mer quand j'ai poussé le portail en fer de la colonie, derrière le treillis du grillage je voyais la plage vide, le chien, les vagues roses, et au loin le virage, l'hôtel où était mon père, assis au bord du lit.

Je ne sais pas pourquoi je cherche à faire à tout prix une image de ce souvenir. Il vaudrait mieux convenir de son état évanescent, inachevé et neigeux, de sa matière scintillante teintée ici et là de rose et de gris flottant, de son peu de consistance et de permanence, car du lointain au plus proche le sable fourmille, irrite et brûle mes paupières, le ciel et l'eau poudroient dans une lumière faible en voie de liquidation, vibrante, frissonnante, mes yeux piquent et se noient à regarder ce lointain écumeux de mer, de sable, avec la masse grise de l'hôtel comme un chalet pointilliste posé sur l'horizon, de ne trouver le support d'aucune surface sensible, seulement la palpable et résistante, la dense, poreuse, sablonneuse lumière d'une image en voie de disparition et rien ne vient réparer son instable remuement de bruine, de neige, sa dissolution imminente et la brûlure d'eau sous mes paupières me protège, me sauve, elle m'empêche de voir le danger, mes larmes brûlent cette image dès que j'y pense, je ferais mieux de ne pas y penser. Mon cher vieil ami, chassons ces pensées. Même à mon vieil ami je ne dirai pas mes risibles chagrins, mes colères, le silence sera ma vertu, et ma nudité ne regarde que moi, sans rancune. Ma peur est petite, elle est ridicule. Tenons-nous-en à l'observation de l'immédiat sensible, il est au présent, il est grand, car nous n'avons pas d'autre lieu où nous puissions être, et cela jusqu'à épuisement.

Comment vas-tu, mon ami István ? Et ce vieux Freud en sa maison de Vienne ? Et tes trois enfants, ta femme fantasque, comment va ma chère Christine ? Comment va l'énergie nucléaire qui éclaire nos foyers ? Sur ce sujet je suis tranquille, je n'attends guère de nouvelles. István vient de temps en temps à Paris assister à des symposiums, des colloques, sortes de sommets très confidentiels et très spécialisés, où se négocient les projets industriels de l'Europe en mal d'énergie, domestique et militaire. Il m'enseigne peu sur les avancées expérimentales, cela reste hautement techniciste, fragmentaire, elliptique. Soit par discrétion prudente, soit par égard pour mon incompétence (il feint de trouver que j'ai du mal à suivre), il m'épargne l'explosion imminente des particules, les refroidissements aléatoires, les accidents de type un-deux-trois, et le stockage à haut risque des déchets, qui pourtant me concernent, collectivement et personnellement. Odile milite, je lis *Le Monde diplomatique*, nous sommes informés. J'attends de l'inédit. Or, quand il m'en parle, c'est comme ces gens qui s'approchent de vous l'air mystérieux, pénétré, l'air affranchi de sacrés secrets qu'ils vont vous souffler dans l'oreille, ils vont vous mettre de mèche, allumer la mèche, l'amadou va prendre, quel secret mes aïeux, quelle flambée, mais, une fois la bouche ajustée à votre oreille, ils vous soufflent dedans du vent, du vent plein l'oreille. Peut-être la population hongroise, française, allemande et bulgare, peut-être le quidam européen moderne va-t-il en avoir marre de se faire souffler dans les oreilles des histoires éventées de vents nucléaires contournant les frontières, de gober des centrales vitrifiées colmatées au béton d'amateur. Entre István et moi, c'est le seul point d'intersection dangereux, le point de fission, que nous contournons, lâchement, il y va de notre entente cordiale.

Comment acceptons-nous de nos amis ce que nous haïrions de nous-même, de n'importe qui d'autre, et par exemple comment István gagne-t-il sa vie, et d'abord combien gagne-t-il à ce métier atmosphérique atomique ? Voilà un autre sujet sensible, que nous n'abordons guère. Dans une conversation rapide, spontanée, légère, amicale, il faudrait finir par aborder la question de l'argent. Sans blesser sa susceptibilité, un de ces jours, je vais trancher dans le vif. Car me froisse, me chiffonne qu'István, un être délicat, amoureux d'une artiste amie de moi, père de jeunes Hongrois polyglottes, qui a eu peur à dix-sept ans dans un escalier pour la bonne cause de la liberté humaine, qui se méfie des portraits de héros et de martyrs proprets dans les livres de classe et des rhétoriques d'État, se mette, et pour quel salaire, au garde-à-vous respectueux devant les maîtres de la bombe, ou peu s'en faut, enfin j'exagère. Au fond, nous marchons du même pas, nous avons du monde une même vue réaliste, homogène et pleine de réciprocité, alors je postule qu'en son for intérieur István a les mêmes aversions économique, écologique et politique que moi, la même frousse logique, la même horreur apocalyptique, au fond la même conviction que ce monde est menteur, délateur et carnassier, risiblement terrifiant, horrible et comique, et que nous sommes nombreux à nous accommoder du comique horriblement terrifiant, à rire de nos accommodements, à sauver notre peau, à gagner notre vie. Les billets de banque ont quelque chose de niais et de nu, comme l'innocent savon, l'argent me gêne dans la main. Il ne pèse pas lourd mais il me fait peur, il est incarné, alors il me semble que l'art, la musique et la poésie s'adressent à quelqu'un d'autre. Touche donc, ça va pas te mordre, disait mon père, en ouvrant la boîte de biscuits, il me montrait ses économies, la main pleine, les billets glissaient, poignet renversé. Pour me montrer qu'il gagnait sa vie, et qu'en plus il en mettait de côté pour voir venir, pour payer la colonie, mes souliers de sport et refaire le toit de sa maison rouge penchée, en l'absence de ma mère. J'avais une boule d'angoisse, je l'aurais mordu au poignet, je l'aurais saigné.

Pourtant moi aussi je gagne ma vie, j'ai besoin d'argent, j'en ai beaucoup. Enfin, assez pour voir venir, et pour séduire Odile. J'expérimente les ressources du génome des levures pour un grand groupe industriel, ils ont des laboratoires agronomiques délocalisés, ce n'est pas plus rassurant que les centrales d'István, je nous fais courir des dangers. Mais mon père serait content de me voir chercheur en biologie, lui qui élevait des lapins derrière la maison, qui fendait du bois pour l'hiver et réparait tout seul sa deux-chevaux pourrie le samedi, le dimanche. Il s'est noyé dans la mer du Nord. Il élevait des lapins, c'est son seul point commun avec le voisin, que je sache. En aurais-je un jour parlé à István ?

Précipitamment, j'ai subtilisé les boucles d'oreilles d'Odile, elles traînaient sur le lit, je les ai fourrées dans ma poche, il n'était que temps. En elle-même ces boucles d'oreilles, bijoux de fantaisie, pacotilles charmantes, n'ont rien d'inconvenant, mais la circonstance où elle les a enlevées, sur ce lit, dans la chambre d'amis.

István décide soudain :

– Je vais prendre une douche, ensuite allons dîner, d'accord ?

Il est sous la douche.

– Odile te fait ses amitiés, ai-je crié à István. Elle regrette vraiment, elle est en déplacement, cette fois encore.

D'abord Odile ne m'a chargé de rien, ni de transmettre ses amitiés, ni ses excuses, ni de ranger ses boucles d'oreilles. Ensuite, je m'aperçois en disant « cette fois encore », comme ça, distraitement, pour dire quelque chose, pour changer de sujet, qu'en effet, cette fois encore, elle est absente, juste au moment où István débarque. Il faudrait davantage se faire confiance, s'écouter dire n'importe quoi, c'est dans les moments de verbiage, à l'étourdi, qu'on se dit à voix haute les choses essentielles, les choses évidentes. Elles surgissent à l'improviste, elles vont plus vite que vous. Non seulement absente la dernière fois, mais la précédente aussi, si je ne me trompe. Et, maintenant, je n'ai pas le temps de faire le compte mais, tout d'un coup, m'apparaît qu'Odile et István ne se sont pas rencontrés ici depuis une belle lurette. Il faudrait que je récapitule à tête reposée, que je me souvienne des conditions précises, pour établir de quoi il s'agit. De hasard ou de coïncidence. Ou bien j'annonce négligemment, comme d'habitude ce genre de choses, qu'István doit venir, en prenant le café, en finissant le fromage, ou en enfilant mon imperméable sur le seuil, et dans les jours suivants Odile me prévient d'un déplacement soudain, et je n'ai jamais fait le rapprochement. Ou bien elle décide qu'elle part ici ou là, et par hasard, le lendemain, la nouvelle arrive qu'István débarque. C'est un concours de circonstances. Ce n'est pas du tout la même chose. Il est vrai qu'Odile se déplace beaucoup, elle négocie des CD-ROM d'encyclopédies multilingues dans toute l'Europe des nantis, c'est une femme d'affaires, ses affaires vont bien, je ne prête pas attention à la fréquence de ses voyages, j'ai tort. J'ai tort tout le temps, la vie me rattrape. J'en ai le vertige, et István se douche, l'air de rien, quelle fourberie. Si elle s'arrange vraiment pour ne pas le rencontrer, voilà qui m'ouvre des abîmes. Elle s'ennuie avec lui. Il l'insupporte. À ce point. Elle le redoute, elle le hait. Elle a des raisons. Ces boucles d'oreilles sur le lit, mon geste impulsif, ont tout déclenché.

C'est que nous jouons n'importe où, selon notre inspiration. Dans un accès de pudeur irraisonnée ces bijoux, étourdiment jetés sur le lit, m'ont soudain paru indiscrets et néfastes, ils brûlent au fond de ma poche, je l'ai échappé belle. Et même, si des boucles d'oreilles abandonnées sur le lit il avait obtenu des vues sur mon intimité, quelle importance ? Je me vante, importance il y a, puisqu'en hâte je subtilise la trace de nos ébats aux yeux de mon ami. Du moins, je postule qu'il ne s'est aperçu de rien, mais il a pu aussi bien remarquer mon geste furtif. Ces boucles d'oreilles bénignes faisaient partie du désordre insignifiant des maisons où l'on arrive, je lui en ai signalé l'anomalie par ma précipitation. J'aurais dû les ramasser d'un air désinvolte, machinal, mais non, je les ai subrepticement escamotées, oui spectaculairement escamotées, cela me trahit. Cela m'enseigne sur le jaloux secret, auquel je tiens, concernant mes rapports (et pas seulement sexuels) avec Odile. Or, si elle s'arrange pour ne pas rencontrer István par des manœuvres aussi sournoises, sans m'en exposer les raisons, c'est qu'elles sont graves, c'est que quelque chose m'échappe. Mon rapport avec Odile en est affecté, en cet instant, de manière insupportable. Aussi bien, d'ailleurs, l'idée que, ses absences n'étant que pures et malheureuses coïncidences avec les venues d'István, celui-ci se soit aperçu de leur répétition, en déduise, à tort, quelque manœuvre d'évitement, de ressentiment à son égard, qu'il en soit secrètement troublé, inquiet, et que mon escamotage malheureux des boucles, qu'il a évidemment surpris, ne signe ma connivence avec elle contre lui. Raison pour laquelle il s'est éclipsé, a brusquement décidé de prendre une douche, au moment où, ses affaires rangées, nous buvions tranquillement une bière ensemble, et nous étions sur le point de parler de mon père, un sujet sensible. Alors le téléphone sonne, c'est Odile.

Soudain mon cœur bat très fort, c'est que j'aime cette femme, j'ai honte de l'aimer à ce point-là, surtout en ce moment, je la tiens à l'œil, je suis sentimental, cette traîtresse va me faire encore le coup de la chambre d'hôtel. Avec le combiné coincé dans son cou, elle regarde sa chambre par-dessus ses lunettes, je sais comment elle les laisse tomber sur le bas de son nez. Qu'elle a robuste, ce nez est une patate de famille, selon son expression les jours de méchanceté, envers elle-même ou envers son père, mon très brave beau-père dont le nez est intéressant. Elle peut avoir un très gros nez dans l'excitation, la colère, le chagrin, toutes sortes d'autres circonstances. De plus, je suis sûr que ses lèvres sont fardées contre le combiné, elle peut se mettre du rouge à lèvres dix fois par jour, même sans miroir, et même en parlant, elle peut s'en mettre dix minutes avant d'aller se coucher, sinon, dit-elle, elle a mauvaise mine. J'aime qu'elle ait mauvaise mine, je me sens plus fort qu'elle, c'est ma faiblesse. Elle met aussi du rouge aux ongles de ses pieds, elle ne se laisse pas intimider par cette corne répugnante, contre son corps elle a des ruses, et des munitions.

En voyage, Odile me décrit toujours au téléphone la nouvelle chambre d'hôtel où elle vient d'arriver : la couleur du papier peint, la qualité du décor, le confort du lit, de la salle de bains, le nombre des lampes, les avantages et inconvénients de son hébergement, du service et la vue de ses fenêtres. C'est une vieille affaire entre nous que ces descriptions minutieuses au téléphone, ainsi, dit-elle, tu peux m'imaginer. Étant donné la standardisation des chambres de palace que lui offre son groupe, il faut un talent fou pour donner à chacune une relief particulier, et prise à mon imagination. Je vois dans cet effort un signe de son attachement. Cette femme m'est attachée ; je lance un regard sanguinaire vers la douche. À moins qu'Odile n'invente chaque fois les lieux qu'elle décrit pour me plaire, pour me distraire, pour me jouer. Ce qui peut être également un signe d'attachement. Les apparences sont épuisantes. Ce soir, j'ai du mal à écouter, à imaginer. Me brûle les lèvres la question d'actualité que je voudrais poser contre ses lèvres fardées : oui ou non, fuis-tu István ? À Madrid il fait doux, soleil d'automne, délicieux, elle est arrivée par l'avion de dix-neuf heures, venant de Séville, son taxi était un amateur de mots croisés, il en faisait pendant l'embouteillage, Joseph, tu n'es pas dans ton assiette, dit-elle. Je n'ai rien dit. Odile est perspicace, elle entend mes silences, la qualité de mes silences, tandis qu'elle fait des phrases, même au téléphone elle a l'ouïe fine, même en hachant des échalotes au mixer elle entend la moindre variation de mes silences, c'est pourquoi avec elle souvent je me tais, elle me comprend.

– Nous avons eu un mort dans le quartier, dis-je lugubrement, à tout hasard, pour l'amadouer, pour la tenter.

– Mais quoi d'autre ?

– Notre voisin, précisé-je, l'homme aux lapins.

– C'est ça qui te met dans cet état.

– Quel état ?

– De langueur, de stupeur, d'avachissement torpide, tu souffles comme un veau.

Elle m'insulte, pour me débusquer. Je suis sûr qu'elle est tirée à quatre épingles dans sa chambre d'hôtel, qu'elle a son tailleur grand chic d'ambassadrice en CD-ROM internationaux, elle adore marcher dans les allées des salons du livre, des salons multimédias, des foires-expositions en tailleur cintré et talons aiguilles, elle a une audace, une hardiesse en public, une résolution, une aisance qui me terrifient, je la regarde comme si je ne la connaissais pas, comme s'il fallait dans la minute que j'emballe cette femme, qu'elle tombe amoureuse de moi.

– Dis-moi Joseph ce qui ne va pas.

– C'est Odile, dis-je à István qui sort de la douche dans le couloir, dégoulinant dans mon peignoir de bain, rouge, essoufflé. C'est István, dis-je à Odile, il vient d'arriver.

– Ah, bon, tu me rassures, je comprends, dit Odile. Sois gentil, passe-le-moi.

Je lui passe gentiment István, ils se disent des mots gentils, polis, comment vont les enfants, et Christine, qu'il fait déjà froid à Budapest, ils s'embrassent, il me rend le combiné. Il faut que j'égalise.

– Tu es encore absente pour son passage, ce n'est pas de chance.

– Comment pas de chance, riposte Odile, dis que vous êtes ravis d'être seuls ensemble, vieux garçons.

Il y a un seul endroit d'Odile où je ne peux pas être et voir en même temps, c'est son sexe. Je peux le regarder, d'un regard appuyé si je le demande, elle fait ce que je demande, je n'ai qu'à demander, n'importe où elle trouve une posture pratique, je suis preneur voyeur de son sexe, j'essaie de voir quelque chose qui me regarde, quand même. Mais si elle me regarde pendant ce temps-là je ne vois plus rien. Je demande qu'elle regarde ailleurs, ce qu'elle fait, complaisante, tolérante, j'ai honte, si elle voit ma honte elle a peur, elle est en colère de ma lenteur, de mon inaptitude, pendant ce temps il vaut mieux qu'elle regarde le ciel par la fenêtre, par exemple, car sa colère et sa peur sont hors sujet, je n'ai pas honte de regarder son sexe mais de son regard sur moi quand je ne vois rien. Car pour ce qui est de voir en vain je m'applique, intensément, je suis sans issue. Cette issue, cette entrée sans perspective, on la peindrait violine, vieux rose, gris, sépia, me damne. Jamais la même, pourtant je l'ai souvent vue de près, à bout portant, son pelage est roux rêche à cet endroit comme dans mon pays d'enfance, il y avait de ces revers de fossé, de ces luisantes touffes drues saillies sur l'eau croupie, dessous la peau s'horripile, fripe, fronce, s'évase, c'est une illusion d'optique ce globe d'œil sous la peau muqueuse, qui se regarde lui-même au-dedans, sans vous voir. Rien de plus dormant, rien de plus aveugle que l'œil flasque fané, il feint l'œil mort d'une entrée, sa paupière est mi-fermée collée, jamais je n'entrerai dans cette folie, elle n'est pas nue. Le sexe froid saurien d'Odile m'ignore, je ne lui suis rien, autant dire mort. Si j'y suis, c'est dedans, au chaud dans sa vulve, quel chaud, il n'y a pas d'autre issue à cette entrée en matière sombre, évidemment, étroite (brûlante c'est la sensation), j'ignore où je suis, mais je m'y sens, nu. Là je suis admis, bête dans l'ensemble, goulu, foutu, et, au moment où je m'y sais rendu, j'en profite pour m'évanouir.

Mais voir et y être en même temps reste impraticable. Naturellement, c'est ou mon œil ou ma queue, on est ainsi fait. Odile tolère alternativement les deux, elle connaît mes limites et me méprise un peu si m'échappe une déclaration d'amour pendant ce temps-là, tu ne voudrais pas *en plus* que je te sois reconnaissante ! Mon dilemme lui paraît un enfantillage mais elle s'y prête, bonne fille. Ou bien je reste coi, je ferme les yeux sur cet endroit religieux, dévot en silence j'y fourre mon divin engin, je rebrousse du bout salin, je m'y enfantine, m'y enfourche, dru je nage, il n'est plus temps de rien voir, je veux bien perdre la vue dans cet œil ouvert, oh que ma quille éclate, oh que j'aille à la mer ! Ou bien, si je veux voir, je m'agenouille entre ses cuisses, alors au bord du lit elle se tient, en appui sur ses coudes, une jambe tendue, son talon aiguille fiché dans le bois du plancher, son bas gris étrangle sa cuisse ; l'autre jambe est haut repliée, son talon fiché dans la chair de mon épaule, jupe retroussée à l'aine, sa veste de tailleur cintrée est tirée à quatre épingles. À ma demande elle regarde ailleurs, le ciel par la fenêtre, ou alors sa main cache ses yeux, et voilà qu'à ce moment-là, garce, elle enlève ses boucles d'oreilles. Elle ne peut être plus nue. Je suis abasourdi de tant d'impudeur, de provocation. Je mords où je me trouve, son pelage rêche roux, j'ai renoncé à voir, elle me donne des coups de poing sur la tête, les oreilles, idiot, salaud, elle glousse : ce n'est pas du jeu.

Inutile d'épiloguer, István ne va quand même pas nous regarder jusqu'au bout. Moi, je ferme les yeux sur ses rapports avec Christine, dont j'ai pourtant connu les appas de poupée. C'est un mot ancien, mais il s'applique à Christine qui, innocemment, appâtait tous ceux qui la voyaient par ses formes fluettes et fermes, enfantines et blanches, ses bras menus, ses attaches précieuses, on avait envie de la pétrir sans la casser tout en l'empoignant sévèrement, pour la protéger. De la tenir de très près, de l'envelopper, et d'étreindre et de tordre ses poignets, ses chevilles, de les attacher ensemble, et ses hanches, ses seins tout petits, de les lier avec du fil ciré, de la ligoter serré, tant elle était appétissante de candeur, gracile, indocile, boudeuse, menteuse et artiste bordélique surhumaine. C'était ma meilleure amie, elle m'aimait parce que je n'osais pas la toucher. J'étais le seul à lui offrir des sorbets, des cigarettes, des langues-de-chat, sans l'effleurer d'un cil, sans contrepartie. À moi elle se plaignait de ses flirts nombreux qui n'en voulaient qu'à ses appas. Moi aussi je leur en voulais, mais je n'osais pas. Je profitais d'être son confident, son ange gardien, son amoureux transi, car si j'avais flirté, seulement effleuré d'un cil sa peau laiteuse, son poignet, sa cheville, aussitôt je l'aurais ligotée, étranglée. À cette époque on n'arrivait pas souvent à coucher avec les filles, elles ne voulaient pas, sauf les privautés sans conséquences. Les flirts de Christine la tripotaient beaucoup, ils s'énervaient, ils s'y prenaient mal, moi j'aurais su comment m'y prendre, mais c'était trop dangereux. Les yeux noyés de larmes, elle m'a dit un jour que j'étais son seul véritable ami parce que j'avais mis ma main entre ses cuisses et l'avais retirée aussitôt, comme si j'avais touché de l'électricité. Grâce à ce malentendu, nous nous aimions vraiment. Fille de cultivateurs bretons, sœur d'un prêtre (je les ai rencontrés), des armoires à glace, impossible qu'elle soit issue de cette famille monumentale. Sa forme de poupée ne ressemble à aucun d'eux, cette fille a dû leur échapper. À dix-huit ans, elle vivait seule à Paris, elle allait aux Beaux-Arts sculpter du métal, elle fond du bronze. Des créatures énormes, des géants, telle sa famille. On se demande comment elle s'y prend avec ses attaches si fines, ses doigts de poupée, ses biceps de rainette. Je me demande si elle m'aurait laissé l'étrangler. Quand je lui ai présenté István, je venais de lui dénicher un atelier à Montreuil, au fond d'une cour, elle utilisait le matériel désaffecté d'un fondeur de cloches.

J'y ai emmené István un après-midi, j'avais peut-être une idée derrière la tête, mais sans le savoir. On devrait se faire davantage confiance, s'écouter dire n'importe quoi, je lui ai dit : tu vas connaître ma meilleure amie. Il l'a connue tout de suite. C'est que, malgré ses pulls, ses souliers déjà bons à jeter, il avait l'air d'un beau Magyar, il transportait avec lui des plaines, des manoirs perdus au fond des forêts, des puits à balance dans la cour des fermes, des loups dans la neige, des chasses à l'ours, des poêles de faïence et des valses viennoises de ses ancêtres et le lyrisme de ses poètes, des mélancolies sarcastiques littéraires fin de siècle. C'était plus fort que lui, il avait beau appartenir à une famille de petits industriels catholiques en appareils ménagers, cocottes, presse-purée, spoliés, nationalisés (cent un employés), il avait beau avoir fait deux ans de rééducation socialiste pour expier la jeunesse de ses parents petits-bourgeois (leur jeunesse inconséquente !) et mériter une bourse d'études, son air d'aristocrate décadent lui collait à la peau, et cela sans affectation, comme à l'étourdi. C'est ce qui m'avait charmé en lui, séduit et conquis, sa différence avec moi qui étais blême, effrayé par les champs de betteraves, vous le seriez de même. Et surtout que cette différence ne fût qu'apparente, car au fond il était plus blême, plus effrayé que moi, mais pour le voir il fallait être moi, il me l'a dit une fois, n'y revenons pas. Une fois, nous sommes passés sur la nationale, j'ai ralenti, sans m'arrêter je lui ai montré la maison rouge au bord de la route sur son socle de ciment, penchée. Fermée. Elle m'appartient. István n'a rien dit, il est devenu blême d'emblée, quelle preuve d'amitié.

Comme prévu, Christine a été touchée par son air terriblement exilé, elle a couché avec lui tout de suite, enceinte il l'a épousée, ils s'aimaient énormément : elle a étudié le finno-ougrien. Ils ont trois grands enfants monumentaux, sportifs et polyglottes. Il n'en reste pas moins que, tout en fermant les yeux sur leurs rapports, je me demande si István lui attache les chevilles et les poignets, s'il l'étreint jusqu'à l'étrangler. C'est entre nous un secret tu que ces souvenirs de jeunesse, qui renforce notre lien. Car il m'est arrivé depuis, retrouvant Christine, de prendre dans ma main et de palper sous son chemisier de soie son tout petit sein, familier, serein, de tenir son poignet, tranquille, elle me laisse faire, c'est sans conséquence puisqu'elle est mariée à mon meilleur ami, et que la ligoter, l'étrangler, celui-ci s'en charge à ma place.

Bien sûr je pourrais dire que ce couple me doit tout, me vanter que je l'ai entièrement conçu, fabriqué, qu'il est un effet de ma volonté, de ma ruse. Je m'en garde, toute vérité n'est pas bonne à dire. En vérité, si je n'avais pas été là, si je n'avais pas traîné István dans la cour de Montreuil pour qu'il connût Christine, la probabilité de leur rencontre était extrêmement infime, autant dire inexistante. Pourtant ils ont dû penser qu'ils se choisissaient, qu'en toute liberté ils décidaient d'unir leurs deux existences séparées par tant d'espace et d'histoire (elle fille de cultivateurs celtiques, lui fils d'industriels hongrois spoliés), qu'ils s'étaient élus par ferveur, par vocation à accorder leurs fantasmes exotiques (lui slave, elle artiste) ou par leur besoin sadique de broyer, étrangler, ficeler et en jouir ; tour à tour ils ont pu se convaincre de la nécessité de s'unir pour quelques saisons, peut-être jusqu'à la mort, sait-on, en recherchant dans le long processus de leur jeunesse, dans les figures héritées de l'imaginaire familial, lectures d'enfants ou catéchisme, dans les modalités libidinales de leur personnalité ou dans le jeu des obstacles extérieurs qui devaient normalement les tenir éloignés l'un de l'autre, comme la langue, la nationalité, l'éducation, qui nous contraignent, nous orientent et nous paralysent, les raisons objectives de leur choix hors du commun, car, dans cette élection apparemment libre du couple, quelque chose résiste, à quoi nous voudrions faire rendre gorge, en perpétuant ce choix dans le pacte reconduit jour après jour contre la peur de la trahison, de l'abandon, de la lassitude ; en cherchant à nous donner raison à nous-même, chaque jour, de la réponse inappropriée, effrayante, culpabilisante et malheureuse, irrationnelle de l'amour.

Je suis cette réponse inappropriée. J'ai dû l'être un jour au fond d'une cour, à Montreuil. Depuis ce temps-là, mes amis dorment, ils s'aiment, ils rêvent leur vie. Moi de même car, de ce moment où je les ai mis en présence l'un de l'autre, rien ne peut être répété ni rejoué, ne peut ne pas avoir eu lieu. Pourtant cela ressemble au rêve qui se répète et varie, rejoue les mêmes potentialités de jouir, de craindre, de faillir, feint le même risque d'un scénario programmé, et si je les ai obligés à se rencontrer et à s'aimer, si l'histoire peut être racontée ainsi, il se peut que ni ma volonté ni ma ruse y soient pour quelque chose, que j'aie convoqué le hasard, le concours des circonstances, en pure perte, en expérimentateur ignare ou démiurge bâtard, tout m'a échappé. L'occasion de ficeler Christine comme d'épouser mon ami, sait-on. J'ai perdu l'occasion de rien faire, d'attendre et de voir, qui est pourtant mon penchant naturel. Ensuite, beaucoup plus tard, nous nous mettons en peine de nous justifier, nous prétendons avoir eu la prescience, l'intuition, le désir ou la volonté que ceci arrivât ou non, avoir vu sous cet angle précis ce qu'il fallait voir se jouer sous nos yeux, quand il ne s'agit que d'occasions perdues, d'aveuglements criminels, d'inconséquence et d'indétermination que le souvenir altère, transforme et dissout au point que, le temps passant, que cela ait eu lieu ou non revient au même, à la même intensité incandescente, à la même vérité brûlante inventée par les rêves ou par les fictions.

Ensuite, nous sommes sortis pour dîner. Nous allons toujours le premier soir dans un bistrot pas loin des quais, sans nous consulter nous dirigeons nos pas vers cette vieille brasserie parisienne à miroirs et plantes vertes, qui sent la cuisine bourgeoise, œuf mayonnaise, sauces mijotées, crème au caramel. Par ailleurs, nous sommes gourmets, j'ai chaque fois en réserve un restaurant fameux à lui faire découvrir, et je garde des vins, des alcools, pour son palais averti. Cependant, le premier soir, nous allons chez Anselme, comme du temps où, jeunes gens, nous découvrions les poèmes-conversations d'Apollinaire, nous en écrivions sur la nappe en papier en écoutant nos voisins de table, et nous avons aimé *Rue Christine* ensemble, bien avant que je ne l'emmène à l'atelier de Montreuil. Je n'ai jamais dit que ceci explique cela, mais ce n'est pas exclu non plus. Son histoire d'amour avec Christine a peut-être commencé avec Apollinaire sur la table d'Anselme, raison occulte pour laquelle nous revenons chez lui avec tant de constance.

Sans nous consulter nous y revenons, pour le dîner, et pour l'inévitable balade qui s'ensuit, sur les quais. Sous les arches des ponts de la Seine, sur les vieux pavés sauvegardés où flânent les gens, amoureux de tous poils, dealers, et célibataires à compagnie canine, les soirs d'été, d'automne ; l'hiver c'est plus désert. C'est un endroit de poésie factice où je viens rarement. À vrai dire, je n'y viens jamais qu'avec István. Cet endroit charme les visiteurs qui ont rêvé Paris dans ses photos touristiques, ou en lisant les récits du siècle dernier qu'évoquent ces berges pittoresques, réaménagées pour corriger la chirurgie autoroutière d'un président moderniste, il y a trente ans. Je pense ainsi satisfaire son plaisir de renouer avec le temps ancien, auquel nous ne faisons pas allusion, où nous avons sans doute été heureux sans le savoir, où nous avons pu croire l'un et l'autre qu'il était un lieu décisif propre à notre jeunesse encore indécise, dont reste un reflet falot incrusté dans le tain des miroirs, un de ces décors balzaciens où se croisent des figures locales comme autant de promesses d'aventure. Les romans de notre adolescence finissent par nous ressembler, ils datent cet âge des découvertes où l'inconnu avait goût d'avenir, où tout se jouait, tout était possible et déjà écrit. J'en ai marre.

Pourtant, je fais cette concession à István, il me semble que notre amitié perdure dans le choix tacite du dîner et de la petite balade nostalgique. Avec une secrète condescendance, en lui laissant ignorer ce que j'en pense, qui pourrait le froisser, je sacrifie à notre rituel, en guise de bienvenue, à chacune de ses visites. En quelque sorte je nous fais le cadeau de son plaisir, même si me blesse l'idée que son plaisir soit de moindre qualité, faiblesse d'étranger pour l'exotisme facile de la ville, que sa naïve fixation soit une faute de goût, à quoi je consens malgré ma contrariété, il serait tellement long et délicat de lui expliquer pourquoi ce bistrot et ce vieux Paris de carte postale m'horripilent, mais j'aime István, et j'aime jusqu'à l'indulgence que m'inspire son choix, et nous nous y rendons encore ce soir. Souvent je pense, avec un remords, que je devrais la prochaine fois l'entraîner ailleurs, innover, bousculer l'occasion. Mais ce serait jouer le mentor, prendre un ascendant sur lui, je serais plus malheureux de lui donner la leçon qu'il n'en tirerait de satisfaction, car je doute de l'excellence de mes penchants, et de son plaisir à les partager, et une fois de plus le malentendu se répète, et quand les cadeaux deviennent-ils sacrifice, un vrai cadeau doit-il comporter sa part de sacrifice, je chasse ces pensées encombrantes, nous retournerons sur les quais.

Pourtant, cet endroit qui nous lie depuis si longtemps, tout en marchant à ses côtés, je cherche à me souvenir qu'István m'ait dit une seule fois qu'il aimait y venir, en vain. Soudain je doute qu'il me l'ait jamais signifié. D'un coup d'œil en biais sur son visage je cherche une indication, un soupçon de lassitude, mais je ne vois rien que son inexpressivité familière. Et plus nous approchons du but, plus m'agite l'idée qu'il s'en fait aussi bien une obligation pour moi, ne s'y contraint que pour me faire plaisir, il s'emmerde chaque fois de revenir immuablement chez Anselme, dont il déteste les plantes vertes, et l'œuf mayonnaise qui lui donne des aigreurs d'estomac, comme à moi. Une véritable amitié est-elle l'accord une fois pour toutes trouvé, quelles que soient circonstances et contingences, l'harmonie sereine de goûts qu'on n'a plus à consulter tant ils se sont éprouvés l'un à l'autre, cette connivence des cœurs, des âmes qui passe par-dessus les contrariétés, les réduit à de minuscules et négligeables écarts, sacrifice réciproque consenti aux fausses notes, aux erreurs, aux humeurs changeantes ; ou bien est-ce ce tourment permanent, cette inquiétude foncière d'avoir à se satisfaire l'un l'autre en cherchant toujours à renouveler l'accord, à en vérifier la qualité par l'adaptation discrète et subtile, qui jamais n'est sûre ni définitive, mais dont la quête improbable est l'épreuve sensible de sa permanence. István a toujours l'air content de tout. Ou plutôt il s'empresse d'acquiescer à mes propositions, avant que je n'en fasse il est d'accord avec ce que je déciderai, sans avoir l'air de soupçonner que je ne décide rien qui ne soit pour moi un problème de prévenance, de tact, sa complaisance est extrême, elle me trouble. Nous nous disons beaucoup de choses anodines, avec cette légèreté confiante qui n'affecte que les sujets mineurs ; nous nous disons aussi des choses encourageantes, consolantes, qui ont rapport avec nos vrais problèmes intimes, nos soucis graves ou urgents, mais toujours sur le ton de la plaisanterie, nous voulons nous épargner offenses et obligations, nous ne faisons que les accumuler.

Lorsque nous arrivons chez Anselme, nous trouvons tous feux éteints, le rideau tiré : fermé pour cause de maladie. Je ne sais quelle attitude adopter, partagé entre déconvenue sincère et vrai soulagement. Alors István déclare : voilà qui nous libère, jovial en se frottant les mains, en route pour de nouvelles aventures, et il m'envoie une claque dans le dos. Ce qui me vexe illico, il aurait pu se déclarer plus tôt. Encore que me fâche, ajoute-t-il, que ce vieil Anselme soit malade, perclus, sénile, pauvre Anselme, ça ne nous rajeunit pas, quelle tête tu fais, tu aimais donc tant son œuf mayonnaise ? Non, dis-je, mauvais, il me donne des aigreurs d'estomac depuis vingt ans. István me regarde de travers, perplexe, je peux suivre sur son visage le cheminement laborieux, contradictoire, des pensées qui me travaillaient tout à l'heure, j'en ai une satisfaction certaine, je n'attends pas qu'il se résolve à l'une ou l'autre, je décide : allons au Mantova, c'est un spécialiste de cuisine lombarde, on aura du riz au safran et des figues au sabayon. Normalement nous n'aurions jamais dû nous trouver au Mantova, rien ne serait arrivé.

Les bons italiens sont rares, celui-là est la crème, István et moi sommes attablés avec gourmandise et appétit, ce qui se conjugue très bien malgré l'idée répandue qu'il ne faut pas avoir faim pour avoir du goût. Nous en étions aux antipasti quand j'ai demandé, mi-badin, engageant, pour lui faire plaisir : alors quelles nouvelles as-tu d'Alicia, et vais-je te croire ? István a dégusté son crudo en souriant avant de se pencher vers moi : elle travaille dans un peep-show de Milan. Son sourire n'avait rien de salace, du mépris goguenard qu'ont souvent les hommes pour parler des femmes qui s'exposent. C'était un sourire en coin, une balafre en travers du visage, un sourire de tendre douleur, de mélancolique gratitude pour le spectacle qu'il avait encore au fond des yeux, il perdait ses yeux vers le fond du restaurant derrière moi et je voyais bien qu'il y cherchait une image, ou du moins les mots pour la décrire, ce qui est une autre affaire.

– Tu lui as parlé, elle t'a reconnu ?

– Écoute, me dit István, je ne vais jamais dans ces endroits, que cela soit clair. Je ne suis pas prude ni pingre, je n'ai pas de préjugés, mais ce genre d'endroits je m'en fous. Je trouve la vie assez compliquée, excitante, épuisante comme ça, j'ai des occupations et des soucis, et Christine aussi, elle trime dur sur ses sculptures toute la journée et la nuit aussi quelquefois. Nous nous retrouvons dans notre lit. C'est un endroit jugé convenu, mais essentiellement par manque d'imagination, de curiosité. Notre lit est un terrain d'insubordination, de subversion sans limite. Et, pour ce qui est des préliminaires, il y a une manière de s'y mettre, l'air de rien, sans entrain ni fièvre, une manière conviviale et bon enfant de dégourdir nos corps fatigués, harassés, paresseux, de leur faire faire quelques exercices de routine et de se réveiller dans les étourdissements, les vertiges, les rages et les feux d'artifice, selon moi l'effusion sexuelle permanente ne donne pas de meilleurs résultats. Le fantasme du sexe, pour finir c'est infantile, hardi, chevalier casqué, la bite en avant, romantique. En tout cas, si je caresse parfois l'idée d'innover, de sauter une autre femme, c'est là que c'est pure convention, pour m'encourager à agir, me rassurer sur mes propriétés viriles si j'en doute, ça m'arrive. Mais monter à l'assaut, aborder, séduire à la hussarde, convaincre une inconnue, l'appâter me harasse. Tout cela parce que, en réalité, aucune femme ne m'intéresse autant que la mienne, je n'en ai pas fini d'exploiter la veine conjugale, à mon âge, tu te rends compte ?

Je me rends compte, mais je ne pipe mot.

– Donc, je me trouve à Milan pour un séminaire, disons une pénible tractation technique où il faut user l'adversaire, l'amadouer ; on se dit qu'au commerce des hommes il faut jouer de haute intelligence, de stratégies subtiles, de ruses ajustées, en fait c'est bête comme un jeu de gosses. Il suffit de trouver la connivence, la complicité niaise sur un terrain extérieur, l'alcool, ou les femmes, ou les fringues, ou le jeu, ou le sport, c'est comme ça que je me suis retrouvé un soir à suivre les autres en goguette, trois types de mon âge, un Français et deux Italiens. Ces compagnies de vieux garçons à peine échappés de la maison sont cocasses. Même à quarante ans ils ricanent encore comme des gamins qui feintent l'autorité maternelle, ils remontent leur ceinture de pantalon, ils se tâtent l'entrejambe, je suis sûr que le mâle méditerranéen craint encore sa maman sur son lit de mort, pauvre bougre. Enfin je me suis trouvé dans un de ces endroits où on paye pour voir. Chacun sa cabine exiguë, insonorisée, un siège d'avion et une boîte de Kleenex. Une fois rendu là, je me suis résigné. J'étais prêt à passer le temps avec enjouement et patience, surtout curieux de retrouver mes compagnons à la sortie. Il faut attendre dans le noir le début de la séance, tous les quarts d'heure la scène s'éclaire derrière la vitre, la fille est déjà là. C'était une femme attirante et ingrate, qui ressemblait à Anna Magnani à cet âge, souviens-toi, quelle femme magnifique, son regard, son rire féroces, généreux, et sa crinière humide décoiffée, sa sauvagerie intelligente, dans *Amore* jusqu'à la laideur. Ce don animal qu'elle fait d'elle à Rossellini, ses larmes d'actrice, cette brutalité amoureuse du cadeau de soi infligé à l'homme aimé comme une sanction, dont l'impudeur sans calcul excède l'attente du cinéaste qui la filme, lui rend pour mille sa monnaie de cinéma. Mais celle-là ne riait pas, ne pleurait pas, elle avait un regard opaque porté vers le sol, en biais. Elle lui ressemblait pourtant, à cause de son consentement apparent à être là, à se donner sans résistance, mais c'était d'un tel orgueil, d'une telle liberté, on se sentait rejeté seul à son propre regard.

Peut-être les autres hommes des cabines n'ont-ils pas ressenti cela, ils ne sont pas là pour être attentifs à ce genre de choses. La brièveté de la séance, ce qu'elle coûte, et l'urgence de bander commandent forcément d'aller au plus pressé, de mater les jambes, les seins, le cul, et je ne sais comment font les filles d'ordinaire, si elles dirigent leurs yeux vers les hublots aveugles, si elles cherchent à défier les hommes qu'elles ne voient pas, à les encourager. Je suppose que c'est un effet excitant supplémentaire que de se sentir regardé sans être vu. Tandis que le socle tournait, elle a commencé à onduler de la croupe, à se tortiller de manière assez banale, et même plutôt amateur, pas très lascive ni efficace à mon sens, mais quand elle a commencé à se dévêtir, je me suis intéressé brusquement à ce qui se passait. Sa manière de quitter ses vêtements m'a alerté, elle m'a rappelé quelque chose de bizarre, d'oublié, j'ai reconnu Alicia, incapable de se déshabiller avec un tantinet d'érotisme, tu te souviens, bonne fille avec ses fringues, hygiénique et directe, pas nue pour un sou, froide, juste à poil. Son numéro était complètement raté, mais j'étais trop ahuri et ravi pour me soucier de ça. J'attendais qu'à chaque tour me revienne son visage. Il était fardé, barbouillé, j'avais du mal à bien voir. C'est étrange, sous ce projecteur cru qui éclabousse le corps, la peau enduite de crème scintillante, finalement rien n'est bien visible, cela donne une image plastifiée, éblouissante, sans prise pour distinguer la personne réelle, c'est sûrement le but recherché, enfin ça n'a pas assez duré. Elle a terminé en vitesse, en string doré à paillettes, je suppose que pour voir sa chatte c'était un peu plus cher. La lumière s'est éteinte sur scène et rallumée dans la cabine, je me disais : quel culot, professeur d'université, quelle spécialiste du magdalénien sans vergogne, vaillante, bosseuse et pratique, quel phénomène notre Alicia, elle gagne combien avec ça ? Son corps était plus plein que celui que nous avons connu, moins nerveux, mais cette charpente, cette solidité osseuse, et la bonne viande amicale par-dessus, vigoureuse, je suis sûr que c'était elle. S'il te plaît, ne bouge pas, ne bouge surtout pas.

Soudain István plonge dans son assiette de riz au safran, il parle entre ses dents. Sans comprendre, je fais ce qu'il me demande, je ne bouge pas. Puis je comprends qu'il a vu quelque chose de nouveau derrière moi, dans la salle du restaurant, à laquelle je tourne le dos, et je n'ai aucun miroir pour me renvoyer une image, alors encore moins je bouge, je suppose que je lui sers d'écran, de paravent. Je suppose que je lui rends service à l'expression vide et butée de son visage, il réfléchit à toute vitesse. Bien, dit-il au bout d'un moment qui me semble interminable, parce que j'en suis encore à Alicia, qu'il n'a certainement pas reconnue, du moins il n'en est pas sûr, sinon il ne dirait pas : je suis sûr que c'était elle. Évidemment je le crois, comme d'habitude. Je crois qu'il a cru reconnaître Alicia, son histoire est sincère mais István est romanesque, il a de l'imagination et des contes à revendre, pleins de vents atomiques, de manoirs au fond des forêts, c'est un poète du réel, jusque dans les peep-shows.

– Bien, dit-il encore, en prenant lentement son inspiration. Ne te retourne surtout pas. Nous allons sortir tranquillement, moi tout de suite. Toi tu paies, tu me rejoins dehors, ça va ?

– Et les figues au sabayon, dis-je, décontenancé, on le serait à moins, et pour me donner le temps de faire bonne figure j'avale encore une bouchée de cet excellent risotto. Il déploie son mouchoir, se mouche, se lève en se mouchant, il sort de mon champ de vision, je lui emboîte le pas, sans avoir le temps de rien inspecter des tables, des voisins immédiats, des dîneurs en général, tandis qu'il ramasse au portemanteau son imper, son chapeau et sort, je donne ma carte à la caissière. Un petit ennui urgent, dis-je, malcontent. Elle s'exécute, gracieuse, et me compte en sus les figues commandées. Vous voulez que j'appelle un taxi. Non merci.

Sur le trottoir, j'hésite un instant, puis j'entends psstt dans mon dos. István est entre deux voitures stationnées. Il m'entraîne par le bras, énergique, on s'arrête passé le coin de la rue. Vas-tu m'expliquer, protesté-je, en me dégageant brusquement de son emprise, en plus il s'est mis à pleuvoir. Il commence à m'agacer avec ses airs de conspirateur, d'enquêteur de bande dessinée, avec son manteau de pluie et son chapeau d'agent secret en service d'État, ou comme dans les films avec Robert Mitchum en Marlowe, bon dieu que j'aime ce type, maussade, insolent et fauve, István tente le remake, pour qui se prend-il ?

– Je n'ai pas le temps de t'expliquer, me dit-il, c'est trop compliqué.

C'est toujours compliqué dans ces circonstances, sous la pluie, la nuit, au coin de la rue.

– Rentre chez toi, me dit-il, ne m'attends pas.

C'est à ce point. Il dit : s'il te plaît. Mais il ne me plaît pas de laisser mon ami seul sous la pluie, non plus d'être congédié, d'obéir sans comprendre, pour qui me prend-il ? J'attends, dis-je, buté, en reculant

raison cette part secrète du vêtement, ou le sac à main des dames, même si nous titille l'envie d'y jeter un coup d'œil indiscret et troublé. Un œil de petite souris, ou plutôt de rat, un œil d'espion perfide, ou celui, exorbité, de la femme de Barbe-Bleue, quand elle entrebâille la porte interdite, prise l'œil dans le sac elle en appelle à Anne, sa sœur Anne. C'est qu'il ne s'agit pas tant de cette emprise du doute, de la jalousie, qui nous autorise soudain le geste du prédateur, du voyeur sans vergogne, qui nous fait glisser la main (la gauche) et entrouvrir la poche de l'autre, ou sa porte, jeter un œil écarquillé dans l'espoir de découvrir quelque chose de sensationnel, d'inédit, d'incongru ou d'obscène, quelque chose d'impudique et de sale qui conforte le soupçon, renseigne sur les intentions, les pensées clandestines, le forfait déjà accompli, ou en voie de l'être. Pour trouver une lettre ou un objet qui le compromette et atteste enfin, nous révèle la face dissimulée, la face mystérieuse des êtres chers, ou de ceux qu'on redoute, qui ne ressemble pas à l'image familière que nous avons d'eux, qu'ils entretiennent à nos yeux. La face qu'ils ont en notre absence, ou qu'en notre présence ils falsifient, avec laquelle ils nous mentent, nous trompent, nous trahissent, ou seulement parce qu'ils veulent garder jalousement pour eux-mêmes ce visage dont ils ne sont pas sûrs ; cette pensée, ce désir les inquiète, il leur fait peur. Tout cela est vain et puéril, quoique y soient sincèrement réunies douleur et jouissance, que s'y mesurent notre répugnance à confier nos secrets, et notre avidité à forcer ceux des autres.

Mais, le plus souvent, notre curiosité doit se contenter de l'objet banal, de l'innocente clef, du trombone torturé, du ticket de métro ou du bouton en nacre usagé, du caillou anonyme, récolte récalcitrante, qui pourtant fouette l'imagination, la flatte, la défie en raison même de son insignifiance. Ces objets ne prétendent rien dire, ou si peu, cependant leur fadeur est plus étrange, séduisante, plus attirante que la clarté des preuves. À proportion inverse de leur banalité, ils désignent le secret opaque, le vrai sens caché des corps et des sentiments auxquels ils furent attachés, car ils sont contaminés par la chaleur, l'odeur intimes, l'obscurité moite et douceâtre des recoins de poche ou de sac où ils ont séjourné, où ils ont été oubliés. De ce contact, de ce séjour, ils gardent une aura maléfique, enchantée, et ce qui importe n'est pas le peu qu'ils disent de la vie mais ce qu'ils en taisent. Ils en sont empoisonnés ; corrupteurs et magiques ils sont redoutables et exquis comme des fétiches, témoins accablants de la dissimulation, surtout celle qui s'expose sous nos yeux en masques transparents, celle des êtres chers ou de ceux qu'on redoute. Sans leur consentement, à leur corps défendant, leur inaliénable singularité nous regarde. Alors mieux que dans l'étreinte, mieux que dans le corps-à-corps, nous pouvons leur faire la peau, nous payer sur leur peau de ce qui nous manque tant, nous tente et nous désespère : être eux un peu dans leur inconnu, dans leur intime, faible et fascinante, résistante altérité. J'ai du mal à m'y mettre parce que je désire et je redoute de connaître ce que d'István j'ignore, c'est-à-dire tout. De lui j'ignore tout, il est mon ami. Faire ses poches est un crime comme voir ce qu'on ne doit pas voir, entendre ce qu'il ne faut pas entendre, comme se trouver sur les remparts d'Elseneur à l'heure où parlent les spectres, pour notre malheur.

Cependant, tout en vidant les poches d'István, je me souviens de la Grèce, car en sortant de la douche, mouillé, j'ai eu la chair de poule, puis j'ai eu chaud, mon métabolisme est correct, et nu je ne me sens pas nu. En Grèce, où ma tante Emma nous avait conduits, mon cousin et moi, nous visitions sous sa férule, Guide Bleu en main, Mycènes, Épidaure, Olympie et Delphes, nous prenions vingt douches par jour, j'exagère un peu, mais quel temps béni. Elle était institutrice et j'étais adopté, orphelin j'avais un cousin. Que j'aie connu cette nouvelle tante à douze ans, sur le seuil de la colonie où elle est venue me chercher (le noyé étant bien mon père et ma mère ayant disparu), a des conséquences incalculables. Je ne l'aurais pas tant aimée, chère tante, si elle n'avait pas surgi, d'un coup de baguette magique, comme les fées ou les sorcières des contes, au moment où, m'étant à peine débarrassé de père et mère insécures, délesté de ces enfants perdus et sauvagement inaptes, je commençais à devenir moi-même, blême, effrayé de tant de réponses inadéquates à mes questions, de la rigueur cruelle de mes rêves, j'aurais pu devenir délinquant, il était temps. Elle m'a dit : pas besoin de laver notre linge sale en public, de déballer nos affaires de famille devant le premier juge venu, dis comme moi. Devant le juge pour enfants elle a juré de l'affection de notre parenté sans nuages, de la désolation extrême de mon orphelinat et de son grand dévouement sororal avec des accents de sincère comédienne, qui m'ont éberlué, conquis, j'aimais déjà l'expression corporelle, le mime et la tragédie, le juge aussi, il m'a livré à elle. Elle n'avait pas revu ma mère depuis l'âge de trois ans, autant dire qu'elle ne s'en souvenait pas, pupilles d'État, séparées. Elle m'a dit : la loi prévoit qu'enfant sans parents tu sois confié à ta seule tante répertoriée, si ladite est consentante, je consens. Elle avait l'âge d'être ma mère, elle le fut, bravement. Car se mettre sur le dos un garçon de douze ans, maigre, sournois, sans éducation, il fallait du chien. De plus, veuve d'un accidenté du travail et mère de mon cousin Joël, quoique institutrice de la République elle n'avait qu'un trois-pièces à Montreuil et une concession à perpétuité pour y rejoindre son mari mon oncle, c'est dire l'héritage.

Quel bonheur, ma bonne tante Emma avait des principes et des préjugés. J'ai compris, longtemps plus tard, que cette tante, unique cadette de ma mère, avait mieux supporté qu'elle de survivre à tous ses parents gazés, brûlés dans un four. Il y en a qui n'en reviennent pas d'être survivants, fantômes d'eux-mêmes en sursis, lazares effarés errant dans des couloirs d'asiles, des maisons rouges pareil. Ils voudraient se taillader, se peler la peau au couteau pour voir si de leur corps de fantôme il sortirait du sang. Ils ne font que se ronger les ongles dans la cuisine, dévorant des dents la chair autour en guettant l'obscurité, l'œil sans sommeil, ils ne voient rien. Alors ils vont voir dehors s'ils y sont à la première injonction imbécile d'un enfant blême, effrayé ; tellement n'avoir pas été choisis à la place des autres, ne pas être les autres, les morts, les épouvante et les ravit, les damne. Heureusement, ma tante n'avait pas connu ma mère, elle croyait que c'était une femme folle de son corps, c'était son expression. Elle disait qu'elle courait la prétentaine, qu'elle avait des gueux pour amants, des romanichels ou hommes de foires, ou alors des milords avec qui elle menait joyeuse vie sur la côte d'Azur ou la côte basque, pourquoi pas Las Vegas, mais c'était trop loin à envisager pour ma tante ; qu'elle trichait dans des casinos avec du rouge aux ongles et les cheveux décolorés en choucroute comme les cocottes, elle disait qu'elle brûlait sa vie dans le vice, le stupre, mon pauvre enfant. Elle n'en finissait pas de dire du mal de ma mère, sans savoir à quel point ça m'aurait consolé que celle-ci soit partie dans ces conditions.

À part ce malentendu, nous étions d'accord, elle pour me nourrir, m'enseigner, moi pour manger et apprendre, elle m'a inscrit au lycée, latin-grec. Mon cousin Joël, ingrate asperge revêche, a eu du mal à m'encaisser, on comprend. J'étais un corps rapporté, un frère aîné de livraison, on haïrait à moins. Mais à quinze ans nous avons découvert les douches ensemble, dans les petits hôtels des vacances en Grèce, pendant les siestes de la tante, au gros de la chaleur. À Montreuil, nous avions juste un cabinet et l'évier de la cuisine, et les pudeurs sévères de tante Emma qui nous enfermait tour à tour, le temps de la toilette. Ce seul corps familial qui m'ait approché, malingre, la peau toute en duvet, chair de poulet, qui m'ait touché comme font les garçons, est ma première tendresse. C'est que j'étais sensible, rien ne m'appartenait. Après la disparition de ma mère j'avais sauvé les apparences, mais je manquais de contact, je voulais m'attacher, il me fallait des sensations. J'aurais trouvé multicolore, odoriférante et pittoresque n'importe quelle sensation. J'étais aux abois, j'aimai mon cousin. Quoique mon cadet, il avait une bite plus grosse que la mienne, ce qui a renversé son hostilité en mansuétude d'aîné. Éperdu de reconnaissance pour mon infériorité, il a entrepris de m'enseigner ce qu'il ignorait, qu'à l'école on apprend mal des grands. Plastique, bonne pomme, je me suis laissé toucher, branler et caresser, je le chatouillais, il me mordait, sous l'eau on riait comme des filles, nous avons eu une bonne amitié. Et le petit lait amer coulant à l'aine, son odeur de jeune feuille, son goût de figue verte dans la chaleur grecque, sont des souvenirs qui m'émeuvent parce que nous n'en avons jamais plus parlé. Le temps a passé et ce qui n'en était pas est devenu un secret. Parce que le secret ne tient pas tant à ce qui a eu lieu et qu'il fallait cacher (nous nous cachions si peu, complices, rieurs, jouisseurs), mais au silence qu'on a laissé s'installer. On commence à se taire, non par honte, ou par remords, plutôt par prudence. Comme si l'on était prévenu que nommer, enfermer d'une manière ou d'une autre dans le récit, le plus souvent sous une version erronée et grossière, qui ment et nous trahit ; comme si l'on pressentait que dire est plus dangereux que de se taire. Et l'on est ensuite condamné au secret, dont rien ne vient troubler la matière sombre ; puisqu'il n'a été ni énoncé, ni raconté ni commenté, il garde intact son état de souvenir, flottant hors du langage, dans la part sensible, ombrageuse, de notre passé ; il n'échappe pas à l'oubli, mais, ayant renoncé à se partager, à se confronter dans la confidence, l'évocation nostalgique ou inquisitrice, il ne pèse pas plus qu'une ombre, pas plus qu'un fantôme, et nous vivons avec les ombres, avec les fantômes. Ils nous hantent, mais leur présence est préférable au noir du néant.

Ce n'est pas un rêve, je ne dors pas, et nu je ne suis pas nu. Mais, en cette tenue, je le suis encore trop – qui donc me regarde, cette nuit, et sait mieux que moi qu'ainsi je suis moi ? Je me suis vite rhabillé. J'ai même passé autour de mon cou l'écharpe rouge de l'homme en loden. Une belle écharpe en cachemire, souple, odorante, un produit anglo-saxon selon l'étiquette, ou américain. Cette écharpe me tente, je l'adopte. D'une certaine manière, il est logique, faisant les poches d'István, que je me pare de l'attribut de son ennemi. Je hume avec convoitise et délice son odeur corporelle d'inconnu, mêlée au parfum lourd, boisé, tabac blond, qui a imprégné son écharpe. La matière raffinée, aérienne, de ses fibres, sa couleur élégante, arrogante, sont tout à l'opposé d'István, en chaussures de sport pelucheuses et velours fatigué ; elles évoquent un monde de facilité, de pouvoir et de satisfaction de soi, une menace voluptueuse qui me détermine à agir. Car cet homme, dont je n'ai vu que le dos, silhouette encore jeune bien que légèrement tassée, comme celle des gens qui passent leur vie assis à un bureau, devant un ordinateur, devant des dossiers, qui donnent des ordres et se savent obéis, a des raisons impérieuses d'éliminer qui le suit ; cet homme ne peut être que l'ennemi de mon ami ; à présent je le deviens aussi, je le fouille au corps.

Dans la cuisine silencieuse, sans allumer la lampe, à la lueur de la nuit, j'étale sur la table le butin plus ou moins détérioré de ses poches, en vrac. J'en fais l'inventaire rapide : portefeuille de cuir avec billets de train Budapest-Paris, aller-retour et réservations ; clefs, agenda, couteau suisse (vingt-quatre lames), carnet de tickets de métro parisien, note de taxi viennois, note de chocolaterie viennoise (froissées ensemble) ; liasse de dollars, billets français, monnaie hongroise dans porte-monnaie d'enfant ; coupe-ongles, trombone torturé, petite boîte de cachous, aspirine en tube, Kleenex hors d'usage, ticket de consigne de la gare de l'Est, bigre. Dans son agenda, illisibles : des centaines d'adresses en hongrois, des téléphones, cartes de visite, cartes de restaurants, en toutes langues. Dans le portefeuille, carte d'identité, papiers officiels divers, illisibles, passeport, photos d'enfants personnels, petits, puis grands, de gens inconnus autour de Christine, devant un monument du temps de Kádár, riants. J'examine les visas, pour la dernière année : Belgique, Ukraine, Italie, Angleterre, Pays-Bas, Roumanie, Suisse, France, dates et tampons, mon ami voyage, dieu sait combien il voit de métros. Donc, il y a six mois, István était bien à Milan. Cela ne prouve pas qu'il a reconnu Alicia. Une photo glisse. Non, elle ne glisse pas, je la tire par le coin, avec précaution, je la décolle de l'étui auquel elle adhère déjà.

C'est une petite photo en noir et blanc de nu féminin, dans une posture sans équivoque, acrobatique. La femme se tient pliée en deux, tête, buste et bras invisibles, basculés en avant, on ne voit que ses reins, ses fesses ouvertes et la fente de son sexe entre ses cuisses parfaitement alignées, jambes jointes tendues ; ses doigts encerclent ses chevilles, pouce contre index. Le fond est obscur, ni meuble, ni tapis, rien qui situe la scène, même pas la fuite d'un plancher, d'un sol de terre, la photo coupe au ras des talons, le demi-corps blanc se détache sur ce fond. Aussitôt je la retourne, aucune indication, anonyme. Ainsi photographiée, sculpturale, placide, exhibant son étrange nudité coupée en deux, elle consent à livrer strictement son anus et sa vulve, et rien d'autre, cette économie extrême confinerait à l'œuvre d'art si, ainsi stylisée, anonyme, elle n'était réduite au féminin le plus sommaire. N'importe qui peut s'imaginer enfiler cette femme sans tête, par où bon lui semble, c'est juste pornographique, sans artifice ni simagrée. Ce n'est pas Christine. Elle n'a ni son gabarit, ni sa plastique, même si je ne l'ai jamais vue nue je connais son corps d'autrefois, et celui d'à présent, gracile, ses cuisses ne seraient pas jointes, il y aurait un creux entre elles ; elle n'a pas cette croupe vaste, ovale et pleine, elle a des fesses de rainette. Le temps de la photo, la femme a tenu sans effort sa posture inconfortable, rien d'exaspéré dans la tension du jarret, l'allongement des cuisses. Elle a une souplesse de danseuse, de gymnaste olympique, elle en a l'élasticité mais pas l'anatomie. Une coureuse de fond, une acrobate, n'a pas ces fesses, ces cuisses charnelles, sa peau cette texture compacte ; nulle part le muscle ne saille, ne renfle, nul tendon étiré n'affine l'attache.

On pourrait dire Odile. Je fais cette supposition sans émoi, car ce n'est pas Odile. Cette femme m'est attachée, elle ne poserait pas ainsi pour mon ami. Or Odile peut faire les pieds au mur si on le lui demande, et même si personne ne le lui demande, pour épater la galerie (moi) ; debout elle peut coincer son pied derrière sa tête, triomphale, en faisant la vaisselle, elle peut danser le french-cancan, elle peut se plier en deux et tenir cette position, mains aux chevilles, le temps d'une photo, mais montrer son cul et sa chatte, nue, je me demande. Elle est souple, svelte et robuste, elle peut remuer de la croupe pour me narguer, me provoquer et si on en vient aux mains elle peut prendre l'avantage, elle me pousse du genou contre la cuisinière de marque Rosières, contre le mur du couloir et, le temps que je reprenne ma respiration, mes esprits, elle me baise avec des baisers sans réplique, chers baisers volés, je me laisse prendre, je rayonne, je pars en étincelles (éjaculation immédiate), elle est déjà repartie faire la vaisselle, ou se plonger dans son ordinateur, affectueusement, par-dessus ses lunettes, elle me dit : ça va, vieux garçon ? À moi elle laisse voir son sexe, dans certaines conditions, si je ne touche pas, si elle regarde ailleurs, le ciel par exemple. Pas de photos. Je déteste les photos, je n'en fais pas, je n'en ai pas. Je n'en ai de personne, ni de mon père, ni de ma mère, ni de tante Emma, elle je la vois encore, les autres sont des fantômes, des ombres, ils sont des souvenirs. Je n'ai pas de photo d'Odile, ni nue ni habillée, il n'y a aucune raison qu'István en ait une. Il y a mille raisons, une suffirait, mais la question ne se pose pas, ce n'est pas Odile.

C'est qu'Odile a sur la fesse gauche une marque de famille, large tache de café, qu'elle trouve abominable, qu'elle consulte dans le miroir en se contorsionnant comme un serpent. Tant elle est souple, flexible et fourbe, elle peut tourner sa tête dans son dos et remonter sa fesse sous son bras, si ça lui chante. Elle est inquiète : va-t-elle me plaire malgré cette anomalie tégumentaire défigurante ? Je la rassure sur cette imperfection de nature dont la délinéation pleine de fantaisie rappelle le pelage des vaches, elle me lance ce qu'elle a sous la main, sa chaussure, son sèche-cheveux ou la théière en porcelaine de Saxe, et crie : tu ne m'aimes pas, infâme ! Je suis pourtant sincère et je l'aime. Cette tache peau de vache m'émeut, j'y trouve matière à rêverie comme dans les nuages, le papier peint, les pierres imagées, je m'y absorbe. Le grenu de sa peau, le grain de sa beauté et même sa verrue, et même son bouton de fièvre, sa cicatrice, le semis brun sur ses mains, qui ne sont plus si jeunes, m'intéressent comme des accidents, des épisodes épidermiques survenus jadis et naguère, dont je reconstitue la chronique, aucun ne m'échappe. Pas plus que la pousse anarchique (apparemment) du lierre sur le mur, au fond du jardin, dont pas un brindillon ne s'égare sans mon contrôle, je suis observateur. La peau de cette femme est un livre. J'ai remarqué que si elle est en colère, si elle pleure, son visage se marbre de rouge, si elle a des soucis elle a des dartres, des démangeaisons, elle se gratte le nez, les oreilles, les aisselles, c'est nerveux, Odile est nerveuse. J'adore sa peau narrative, tragique, traîtresse, que les crèmes de beauté n'ont pas rabotée, nivelée, et surtout cette tache de vache, qui nous sauve du malentendu. J'enfile la photo dans mon portefeuille, collante, foutue.

Cette image me laisse rêveur. Non qu'elle m'ouvre des perspectives extraordinaires sur les fantasmes de mon ami, les hommes ont de ces touchantes fixations, concupiscentes mais vénielles, pour les images de nus féminins, comme si en posséder une était une marque de probité, de loyauté consentie envers eux-mêmes, pour leur sexe qui leur pèse d'être dehors, d'avoir à se démontrer ; ces fétiches anodins les soulagent du poids d'être masculins. Il y a des collectionneurs. Mais le collectionneur est vétilleux, maniaque il classe et conserve avec des soins jaloux, il ne promène pas dans sa poche un cliché aussi amoché, mal tiré, tel ce format d'amateur, sans valeur ; la valeur est ailleurs. Dans la posture bizarre du tronc coupé, l'absence de visage, d'identité. Mon ami István a besoin de contempler un cul sans visage, un cul tout seul, ce beau vase évasé posé à l'envers qui enchâsse anus et vulve, bijoux très indiscrets dans leur écrin velu, abstraction sublime. István est un poète du réel, il est romanesque, les réalités l'encombrent, sa vérité n'est pas dans l'exactitude, il coupe en deux où ça l'arrange. Où trouve-t-on un cul sans visage, à moins de payer ? Même dans ce cas, au moment de payer, il faut bien se payer le visage de quelqu'un, fût-ce celui du maquignon. Ou alors c'est soudain le visage de quelqu'un qu'on a connu et qui vous hante, qu'on ne reconnaît pas, cependant c'est bien lui, par exemple celui d'une fille d'en face. Cette décapitation, cette femme tronçonnée m'inquiètent, je sais de quoi je parle. En ce moment István trafique la réalité, il la fragmente et l'arrange à sa façon pour ne pas avoir de compte à lui rendre. Ou alors il est prêt à foncer droit au but sans vérifier ce qu'il y a autour. L'identité du paysage, du visage ou de la maison, la vision d'ensemble. Qui sont de conséquence. Il est en grand danger de louper l'anomalie, d'oublier le détail qui tue, et je m'y connais. D'autant plus qu'avant de venir chez moi, il a déposé quelque chose à la consigne de la gare de l'Est. Un bagage, une enveloppe, une photo, un dossier. S'il perd ce ticket anonyme, il est perdu, sauvons-le. Je le replace à regret dans son portefeuille, je ne vais quand même pas tout lui faucher en une seule fois.

Cette boîte de cachous est bizarre, je la secoue, il n'y a aucun bruit de bonbons s'entrechoquant à l'intérieur, pour autant elle n'est pas vide. Dedans, il y a du sucre en poudre, du sel. Téméraire, inconscient, je goûte, si c'était de la drogue, du poison. C'est du sable. Ce sable est blanc, scintillant, très fin, minéral calibré, chaque grain égal, je le répands sur la table. Il est encore humide, je le disperse du doigt, l'étale, l'égalise avec soin pour qu'il sèche, la couche est mince, miroitante. Cela fait une petite flaque lumineuse sur le bois sombre de la table, dont les aspérités minuscules se comblent. J'arrondis et creuse des contours, jusqu'à ce qu'elle ressemble à la tache de vache sur la fesse d'Odile, mais en négatif, blanc sur noir. La dispersion est trop grande, je réagrège, grain à grain, on dirait du sable d'image. Ce pourrait être un nuage. Un chameau, une belette, ou une baleine. Dit Hamlet. Des grains collent à mes doigts, je frotte comme on sale, ils tombent, quel silence. István se promène avec dans sa poche du nuage en boîte, du sable d'image. Une photo négative réduite en poussière. De quelle plage, quel monticule ou montagne, de quel paysage a-t-il prélevé cet échantillon, de quelle vision d'ensemble l'a-t-il extrait ? Cette matière est sensible, elle boit l'ombre entre ses grains, chacun en a une ; leur dissémination n'est pas telle qu'elles s'isolent. Elles se contaminent, se fondent, elles dessinent une forme d'ombre homogène, légèrement décalée par rapport à la tache blanche, sous celle-ci et comme son double, l'ombre soulève la tache qui flotte, nébuleuse atomique. Le nuage de sable irradie, il migre imperceptiblement, vibre, fourmille, cette matière est vivante, électrique. Elle diffuse une impression. J'ai une impression de sable dans les yeux, mes yeux piquent, ils s'irritent et brûlent, se noient à regarder ce lointain pointilliste d'image sur la table, dans une lumière faible en voie de liquidation. Il vaudrait mieux convenir de son peu de consistance, de permanence, de son absence d'horizon, et rien ne vient réparer l'instable remuement de bruine, de neige, sa dissolution imminente.

Sur la plage de la mer du Nord, la colonie a trouvé un noyé. De loin, il avait l'air d'une épave, un tas de chiffons. De loin, dans la bruine, on n'aurait pas dit ce que c'était, ou alors un vieux chien couché, il dort au bord de l'eau, à la limite des vagues. Les vagues le recouvrent et se retirent, le chien dort, c'est un chien crevé. La colonie s'est approchée, on venait de loin, de l'autre bout de la plage, pour une fois qu'il se passait quelque chose, on était une bande à s'emmerder dans le sable gris comme la limaille, à remonter et descendre la dune en hurlant à l'abordage, à sauter du blockhaus enlisé dans le sable, à se jeter du sable à la figure, à cracher du sable, quelqu'un a avisé soudain au loin le tas de chiffons. Je peux dire que je l'avais déjà vu avant tous les autres depuis un bout de temps, mais sans avoir l'air inquiet. En quelque sorte il était pris dans le paysage, et tant que ça pouvait durer j'allais pas le signaler. Dans cette lumière floue, scintillante, épuisante, le ciel et l'eau se contaminent, se fondent, il n'y a pas d'ombre, ou si peu que les choses ont l'air proches et lointaines, le remuement écumeux de mer en ruban gris pâle, la plage gris de fer, houleuse sous la bruine sablonneuse, s'épousent et se remplacent tour à tour, à cet espace en voie de disparition il n'y a pas d'horizon. J'ai pensé au chien jaune qui m'avait suivi l'autre matin, puis je n'ai pensé à rien, puis j'ai oublié, j'avais soudain besoin d'oublier beaucoup, de me fondre, me dissoudre dans le sable picotant, vibrant, dans la bruine, la neige, j'avais besoin de dormir, de disparaître à la vue et que la vue se noie en moi. Sous mes paupières les larmes me sauvent. J'ai suivi la bande, à mon corps défendant, en me retournant tout le temps pour voir ce qui me retenait, m'appelait en hurlant près de la dune, du blockhaus, à l'autre bout de la plage, où il n'y avait plus personne. On sait avant de voir qu'il ne faut pas voir, avant d'entendre on sait ce qu'il ne faudrait pas entendre. Je n'ai pas approché, je suis resté derrière les autres, entre leurs jambes j'ai vu qu'il était noir et vert pâle. Évidemment. La tête tournée sur le côté, elle était toujours là, mais plus son visage. J'étais bien le seul à le reconnaître, je n'allais pas laver notre linge sale en public. Les moniteurs ont gueulé comme quoi on devait rentrer à toute vitesse à la colonie, qui serait le premier, on a piqué un sprint en braillant, rigolant, en hurlant comme des sauvages, moi aussi j'ai braillé dans le vent, du sable plein les yeux, plein la bouche, plein la bouche une odeur de marée, sucrée. J'avais envie de vomir, mais en colonie on a sa fierté. Juste le soir, je n'avais pas bon appétit, comme je n'étais pas le seul, personne n'a remarqué. On a chanté des chansons et joué à colin-maillard, les moniteurs voulaient qu'on soit gai. Une fois au lit, j'ai fermé les yeux très fort. J'ai pensé que voir et ne pas voir est la même chose tant qu'on n'en dit rien ; à dire on s'oblige, on oblige les autres et tout est perdu. Dire revient à altérer ce qu'on a vu ; à convoquer la vision elle s'épuise, s'efface et s'enfuit, pour toujours remplacée par celle qu'on a dite, il vaut mieux l'ensevelir en son état dans le sommeil, dans le rêve, et en faire une ombre. Il a fallu deux jours de plus pour que le directeur me fasse chercher comme quoi il voulait s'assurer que mon papa était bien venu à cet hôtel, qu'on y avait dormi la nuit, et que j'étais rentré au petit déjeuner. Il m'a frotté les cheveux, pensif, et m'a renvoyé. Encore deux jours j'ai attendu, et une tante Emma est venue m'enlever sur le seuil, comme une fée ou une sorcière des contes. Aujourd'hui je m'obstine à faire une image de ce souvenir, à personne je ne le raconterai, pas même à István, pas même à Odile. Il vaut mieux convenir qu'un souvenir est une ombre au royaume des morts, à personne je ne dirai mes secrets.

Si Odile fait mes poches, elle y trouvera la photo de la dame sectionnée. Elle fera de moi l'inventaire des suppositions, des insinuations pleines de poison, elle se fera du souci, pensera que je suis en danger. Elle se croira obligée de me sauver, dieu m'en garde, cette femme est capable de m'aimer. Si elle y trouvait ses boucles d'oreilles avec, elle serait capable de m'assassiner. Le geste le plus anodin nous engage, garder ou non la photo a des conséquences incalculables. Un geste en déclenche un autre à des mois, des années d'intervalle, et même ce qui est inconnaissable de nos pensées, de nos désirs, de nos sentiments, ce qui se passe dans le secret de nos cœurs, dans les ombres du souvenir, un jour s'accomplit dans un acte routinier, et les choses ne sont plus les mêmes. Le fait de garder ou non au fond d'une poche un objet insignifiant nous engage, même pas une lettre d'amour, d'insulte ou de délation, un ticket de cinéma, non, simplement un caillou, un trombone torturé, ou du sable ; de le laisser ou non en dépôt au fond d'un sac, ou d'une consigne de gare, distrait de la vie et comme désaffecté, ou neutralisé, on le croit, le croire est d'une inconséquence, d'une légèreté criminelles, car il prend au fond de nos poches, au fond du tiroir, dans le casier de la gare, une aura maléfique, un pouvoir occulte et corrupteur, la perfidie du poison. Quand István s'apercevra de la disparition de cette photo, même s'il me soupçonne, il ne posera pas de question. À cause de son éloge sincère du lit conjugal, de la soirée en goguette où il a cru reconnaître Alicia dans un peepshow de Milan, et parce qu'il a déposé en secret une lettre, un dossier, une arme, dans un casier de consigne, à la gare de l'Est, avant de m'offrir, pour se racheter, cinq œillets du temps passé, parce que je l'ai sauvé de la noyade, parce que je suis son ami bien plus qu'il ne le croit, au point de me mettre en travers de sa volonté, de rester quand il me dit de partir, au point de voir ce que je ne dois pas voir, d'entendre ce qu'il n'aurait jamais fallu entendre.

Car voici István sur le seuil de la cuisine, entortillé dans mon jogging, moitié endormi, le cheveu en bataille, il se frotte la nuque, appuyé au chambranle. Joseph, tu as des ennuis ? dit-il, suspicieux. Il allume la lampe électrique, je l'éteins aussitôt, malheureux on pourrait nous voir. On, qui te voit-on ? Les dames asiatiques de l'atelier clandestin, jamais il ne s'arrête, il y a des équipes de nuit, elles viennent faire pipi. István va à la fenêtre, il jette un coup d'œil, la main en visière. Dans l'obscurité, sous le fouillis obscur du mur de lierre, au ras du sol, il y a deux vasistas éclairés. Il n'y a personne, dit István, ratiocineur, et je ne vois pas ce que ces personnes pourraient penser de ta lampe allumée. Je ne vais pas lui expliquer la relation susceptible, délicate, qui me lie aux dames asiatiques du sous-sol, elles sont farouches. Entre nous il est convenu que nous respectons certaines conditions, que l'observatoire nocturne est impudique, malséant, alors que le jour nous pouvons presque nous faire des signes, des grimaces de bon voisinage, je ne tiens pas à perdre ma pratique. Le temps qu'il observe le jardin, prestement j'ai repoussé en tas anodin ses affaires personnelles au bout de la table, reste le sable répandu, c'est plus délicat à escamoter. Quand il se retourne, je suis encore en train, soigneusement, de balayer dans ma main la poussière d'image, je referme la boîte, il n'a pas l'air de remarquer. Qu'est-il arrivé, raconte-moi, quelque chose m'échappe, c'est terrible, nous avons trop bu ou bien j'ai rêvé. Il tombe assis en face de moi, négligemment repousse du coude ses petites affaires, et s'affale sur la table.

– Il fait noir comme dans un four, grommelle-t-il.

Justement. Examinons le visage d'István, voyons s'il feint par ruse l'abrutissement, s'il est réellement sous l'emprise des somnifères, ou alors sonné par le coup à assommer un bœuf. Le visage d'István, dans la lueur de la nuit, est celui des fantômes. Ses traits sont flous, imprécis comme ceux des tout petits enfants dont la physionomie émerge à peine du faciès de naissance, de ce visage étrange de l'espèce au sortir du ventre, façonné, chiffonné par son séjour aquatique, qui porte les stigmates du genre, de l'origine, dans l'indistinction primitive. En face de moi, c'est déjà István, ou ce n'est plus lui. Je le reconnais, cependant il m'est inconnu. Dans cette aura du souvenir, du rêve, qui mêle réalisme, exactitude des formes, et les menaces d'effacement, il a un visage de spectre, de noyé. Il est mort. Dans cette ville, cette nuit, il y a des gens pour le croire. Dans leur pensée, son temps est achevé. Il suffit que quelqu'un, fût-ce un homme en loden, croie sa mort advenue pour que ce soit vrai ; pour qu'un peu de lui, ou beaucoup, soit tué. Pour que se noue maintenant entre lui et la mort un lien exclusif, solitaire et pur, qui le sépare de moi. Non par la pensée faible, qui parfois nous traverse, de notre condition mortelle, de notre mort assurée au bout du temps imparti, proche ou lointaine, naturelle ou accidentelle, et qui nous rend à cette évidence de l'instant : je suis vivant. Ou plutôt survivant, survivant de l'idée de ma mort, elle vient de m'effleurer de son aile, elle s'éloigne. Alors au lieu de s'énoncer négativement (je ne suis pas mort), elle se déclare dans l'autre camp (je suis vivant), exprimant ce soulagement inepte et puissant que la mort soit détournée de nous, qu'elle s'affaire ailleurs, frappe les autres à notre place, les mourants, les morts, ceux qui nous sont chers comme ceux qu'on redoute, et l'effroi d'un instant se transforme en contentement d'être celui qui en réchappe, blême, effrayé, le traître qui a survécu et triomphe parce qu'il était planqué derrière les tueurs, dans leur dos, voyeur dans l'ombre et témoin de la mort à l'œuvre. Cela excite ma sexualité abstraite, celle des anges, immortels. À István était tendu le piège, ils ont donné le coup, balancé le corps à l'eau, ils l'ont liquidé. Pour eux il l'est, en arrêt de mort. À mes yeux il l'est aussi, il faut faire vite, on dirait que le tirer de l'eau n'a pas suffi, il faut que je le ressuscite. Si moi aussi je te crois mort, István, comment serais-tu vivant ?

Car il arrive parfois que paraisse dans un journal, dans une chronique nécrologique, notre nom, celui d'un homonyme ou, fait plus rare, que par plaisanterie macabre, par vengeance, quelqu'un ait provoqué l'annonce de notre décès. Le temps de rassurer, de corriger, c'est très malaisé, de faire savoir à ceux qui nous entourent, surtout aux plus lointains moins fréquentés, parfois des années après à un perdu de vue qui nous regarde effaré, que non, nous n'étions pas ce cadavre, qu'il s'agissait d'une erreur, d'une méchanceté, nous mesurons combien il est ridicule et vain de déclarer : je ne suis pas mort. Aussi bien les autres tombent d'accord ; ils ont l'urbanité de feindre de se rendre à l'évidence, mais ils gardent l'air contrit, navré et compatissant des condoléances car quelque chose maintenant nous sépare d'eux, le lien exclusif, solitaire et pur que nous avons noué avec la mort. Pourquoi ai-je tant besoin d'István, de m'assurer de lui, de sa vie, de sa mort, de sa permanence ou de sa perte, qu'ai-je besoin d'en faire à la fois ce frère que je n'ai pas eu, ce cousin perdu de vue, ce père et cette mère, quel besoin de cet amour intempestif et de cette horreur qui l'accompagne, de la peur que j'ai pour lui, que j'ai de lui, et de cette tendresse qui me fatigue, de la haine, l'envie de lui faire la peau, de sauver sa peau, de le ressusciter, allons vieil István, voyons quel est ce rêve, nous l'avons fait ensemble, il y a longtemps que moi aussi je me rêve nu sans être nu. Donc, puisque tu es vivant, à nous deux, István.

Et d'abord, lui demandé-je, explique-moi une fois pour toutes comment est mort ton grand-père. Comment a-t-il fait, de son propre chef. Il tuait les lapins dans la cour d'un coup sec derrière la tête, il fréquentait la fleur des psychanalystes d'Europe centrale, un freudien de première génération avec qui il avait une tumeur jumelle au cerveau, qui a fait du bureau fameux de Vienne ta gare de Perpignan, le centre de ton monde, la croisée de tes chemins. Pourquoi gardes-tu au fond de ta poche une femme sectionnée et du nuage en boîte ; pourquoi as-tu laissé en consigne à la gare de l'Est un colis douteux qui serait aussi bien ici en sécurité, on aurait bien trouvé un endroit sûr où le camoufler, s'il le faut en creusant dans le jardin. Au lieu de manger tranquillement tes figues au sabayon en me parlant d'Alicia (que tu n'as pas vraiment reconnue, sinon tu ne dirais pas : je suis sûr que c'était elle), pourquoi poursuis-tu un homme en loden à écharpe rouge, que tu ne m'as même pas présenté, qui te tue d'un coup derrière la tête ; que sait-il de toi et toi de lui pour qu'il te jette à l'eau, toi qui ne sais pas nager (mais il l'ignorait), sans même que tu cries : au secours Joseph, à l'aide Joseph, croyais-tu que j'allais te laisser tout seul en bas de la rue, planqué comme un indic sous la pluie, tu étais en grand danger et j'étais responsable de tout, jamais je n'aurais dû t'emmener au Mantova et rien ne serait arrivé ; et d'abord étrangles-tu Christine, ligotes-tu ses adorables menottes, ses chevilles du diable, ses seins tout petits, la bâillonnes-tu dans votre lit conjugal, et combien gagnes-tu d'argent, montre-moi ta feuille de salaire, et comment t'en sors-tu avec les contradictions du capitalisme et du socialisme et les déchets de nos centrales européennes ?

– Joseph, dit István, je crois que j'ai mal à la tête.

Il n'a pas l'air bien, je garde mes questions pour plus tard, j'examine la tête malade de mon ami. Il a au niveau de la nuque un hématome conséquent, une bosse plus grosse qu'un œuf. Le temps d'attraper une bouteille de vodka et deux verres, de chercher des pommades, du liniment, des onguents, tout ce que dans sa pharmacie Odile entasse de premiers secours, et d'enduire sa bosse douloureuse, tandis que je masse ses vertèbres cervicales de mon mieux, István gémit, boit des petits verres, et il me raconte comme quoi il s'est trouvé par hasard, ce soir, dans un restaurant italien, non loin d'un type qu'il a soudain reconnu. Bien que, depuis un certain temps, il le tenait sans le voir dans son champ de vision ; en réalité il le voyait, mais il était absorbé par une conversation délicate avec un ami au sujet d'une femme qu'ils avaient tous deux aimée dans leur jeunesse, une femme brillante, étonnante, spécialiste du magdalénien.

– C'est seulement quand l'homme s'est frotté le haut du nez, là où les gens qui portent des lunettes ont une petite dépression irritante. J'ai vu sa façon de pincer le haut de son nez, et il faut dire qu'à ce moment-là il s'est penché pour saisir devant lui la bouteille de vin frizzante et remplir son verre, il a dégagé son épaule gauche avec un mouvement particulier qui m'a alerté. Il suffit parfois d'un geste anodin pour qu'un inconnu ressemble à lui-même, as-tu remarqué ? Alors j'ai reconnu cet homme, qui jamais n'aurait dû être là, ni ailleurs d'ailleurs, pour la bonne raison que ce type est mort. Il est mort, je l'ai tué à Prague, il y a quelques années. Je l'ai personnellement balancé dans la Vltava.

– Toi, István. Personnellement.

– Moi. Joseph, ne me complique pas les choses. Crois-moi si tu veux, j'ai cru que je devenais fou avec cette apparition.

D'accord, je crois qu'il est devenu fou, qu'il a des apparitions, je crois qu'il se prend pour un agent secret de John Le Carré ou pour un privé de Dashiell Hammett. Je masse de mon mieux la nuque de mon ami qui a reçu un sacré coup du tranchant de la main, de cela je suis témoin, le coup d'un tueur de lapins, net et ajusté à la base du cou, entre les deux vertèbres les plus sensibles, un coup à assommer un bœuf. Le coup est plus efficace par-devant, sur la carotide, mais on n'a pas toujours le choix. Mon ami a la nuque solide mais le cerveau malade, il divague, il extravague, il a la fièvre, des hallucinations. La vodka n'est pas bien indiquée dans son cas. Il a un agent secret du réel infiltré dans ses méninges imaginaires, peut-être une tumeur maligne, comme son grand-père. Peut-être faut-il appeler un médecin de nuit.

– Il est mort et il dîne non loin de moi, tu imagines ma stupeur, Joseph. Crois-tu aux fantômes, aux revenants ? Crois-tu aux spectres, Joseph ? Ce soir, j'ai cru voir un revenant.

– C'est toi qui reviens de loin, dis-je, sévère, est-ce que tu te rends compte ?

– Ne mélange pas tout, c'est déjà difficile. Bien sûr, je suis matérialiste, je me rends compte que ce type n'est pas un revenant, un double réincarné, s'il est là c'est qu'il n'est pas mort n'est-ce-pas. J'ai bien réfléchi avant de prendre ma décision, très vite je suis arrivé à cette évidence : s'il n'est pas mort, c'est que je ne l'ai pas tué, je l'ai cru. Après tout nous n'avons pas revu son corps, son cadavre je veux dire, nous n'avons pas demandé notre reste. Quelle histoire.

– Nous ? Je croyais que tu l'avais tué personnellement.

István soupire, il veut bien m'expliquer mais il me trouve lent, comme d'habitude il trouve que j'ai du mal à suivre.

– Tu te doutes bien qu'en certaines circonstances, pour certaines rencontres sensibles, nous étions accompagnés. On appelait cela protection rapprochée, des anges gardiens en service commandé. Joseph ne fais pas cette tête, c'est façon de parler. Nous en avions à peine fini avec les agents venus du froid, avec le romantisme du bloc insécable et le renseignement au couteau. Nous avions démantelé les têtes nucléaires, il y avait des accords, mais les temps étaient difficiles. Maintenant c'est autre chose, nous collaborons, nous faisons du commerce, c'est sérieux. Ce type devait encore se croire au temps des missiles, il en voulait à ma peau. Ce soir-là, j'ai dîné dans l'avenue Saprova, je suis rentré à mon hôtel à pied, il m'a suivi dans les petites rues noires, comment peut-on ignorer qu'une personne s'attache à vos pas tout en se gardant de se faire voir, comme si nous n'étions pas tous rompus à ce jeu-là. On n'est jamais aussi seul qu'on en a l'air, j'étais accompagné, et pourtant j'avais peur de lui, as-tu été suivi ? Ce sentiment terrible que l'autre, si loin qu'il soit de vous, est tout contre votre dos, votre nuque, il traverse votre cerveau, il voit par vos orbites. Il a une pensée foudroyante, plus rapide que la vôtre, une clarté d'esprit qui obstrue le vôtre, il sait mieux que vous ce que vous allez faire dans la seconde suivante, c'est très éprouvant. Je connais cette tentation sans appel d'occuper la pensée de l'autre, d'usurper son être, si puissamment qu'il se vide et n'est plus devant vous que votre créature, est-ce que tu me suis.

– Je te suis toujours, István, sois tranquille.

– C'est surtout là que ça se passe.

Il pose la main sur sa nuque, il frotte sa bosse.

– C'est là qu'on sent le regard de l'autre, comme une brûlure, un dard rouge qui vrille et s'enfonce, chauffé à blanc. C'est qu'il faut au tueur tant de persévérance, d'intense volonté et d'acharnement, d'abnégation, qu'il en est défiguré, comme dans la terreur ou l'amour. Je crois qu'il faut une sorte d'amour pour anéantir. Ce type voulait m'anéantir.

– Il t'aimait énormément.

– Joseph, ne te fous pas de moi, je parle sérieusement. Je savais que tu ne me croirais pas.

Bien sûr que je le crois, je le crois toujours, bien qu'il me raconte des histoires. Sa vérité n'est pas dans l'exactitude, István est romanesque. Son existence est romanesque, malgré ses chaussures inadéquates pour un agent secret.

– Agent secret, mais que vas-tu chercher ? Je fais du commerce, j'expertise des marchés. Comment cette nuit n'ai-je pas senti que j'étais suivi ? C'est bizarre, je me sentais en sécurité.

– J'étais là. Mais tu as reçu un coup sur la tête et ils t'ont balancé à l'eau.

– C'est ce que je me disais, j'avais l'impression d'être tombé dans de l'eau. Donc je n'ai pas rêvé. Joseph, d'où sors-tu cette écharpe rouge ?

À ce point de notre conversation, la sonnette a soudainement sonné. Preuve qu'elle n'est pas cassée. C'est ce qu'a pensé István, il m'a fait une mimique de revanche, le malheureux, c'est bien le moment d'avoir raison. Cependant, dans la demi-obscurité, car dans les villes il ne fait jamais vraiment nuit, nous n'avons plus bougé, retenant notre respiration, tels des conspirateurs de mauvaise espèce, nous interrogeant du regard. Qui sonne à cette heure ? Qui sonne, demandent les yeux d'István. De même, je réponds : l'homme en loden, il vient chercher son écharpe. Je ne plaisante pas, je pense que si ces malfrats ont suivi mon ami c'est qu'ils ont repéré sa présence au restaurant bien avant lui celle de son mort, ils le savent donc accompagné, ils ont enquêté auprès de la caissière qui a mon reçu de carte bleue ; des gens de pouvoir, de décision comme eux, ont les moyens rapides d'être renseignés, ils ont mon adresse et nous sommes cuits. La sonnette resonne. Je décide : nous ne serons pas faits comme des rats, nous ne nous laisserons pas saigner. J'empoigne un couteau de cuisine, de boucher précisément, car nous avons une panoplie, j'ouvre.

Sur le palier, c'est notre voisine, la dame entretenue en cheveux mauves crantés. Elle les a rangés sous un filet, elle est ficelée dans sa robe de chambre à carreaux écossais en laine des Pyrénées, elle n'en mène pas large, les yeux en quinquets, château tremblant, entre ses deux cannes.

– Ah, dit-elle, avec un soupir de soulagement, vous avez un couteau. Je peux entrer ?

Personnellement je ne fréquente pas cette personne, je la croise dans la rue, nous nous saluons. Elle n'est jamais montée chez moi que je sache. Moi je ne suis allé qu'une fois chez elle, en raison des circonstances, elle m'a offert un café. Ce n'est pas une excuse pour envahir mon domicile à une heure indue. István s'est avancé, il s'interpose avec sa gentillesse, sa courtoisie coutumières, de quoi je me mêle, il l'invite à entrer. Il la soutient sous le bras, elle en a besoin, elle claque des dents. Il lui tapote le dos, benoîtement, comme si elle était sa grand-mère. Malgré mon interdiction, il allume la lumière dans la cuisine, d'autorité il la fait asseoir. Il lui offre un verre de vodka qu'elle vide aussi sec. Du couteau, je désigne István.

– Mon ami István, présenté-je. Moi-même, Joseph.

– Aimée, admet-elle. J'ai eu du mal, avec vos étages, vos marches ne sont pas bonnes et la minuterie est détraquée, je vous le signale. Vous non plus vous ne dormez pas ? C'est épouvantable.

– Tout à fait, dit István.

– Ah, vous aussi, vous trouvez.

Elle lève le doigt, l'œil dardé vers la fenêtre, nous intimant silence.

– Vous entendez ?

Nous écoutons en chœur, j'y mets de la bonne volonté, mais vraiment rien de rien. Elle a un long frisson et se ressaisit.

– D'ici on n'entend pas grand-chose, concède-t-elle, contrariée.

– Non, en effet, constate István.

– Que sommes-nous censés entendre ? interviens-je, excédé, car enfin je suis chez moi, il est trois heures du matin, István devrait être ivre de sommeil chimique, cette dame être dans son lit, et moi aussi, je me sens las.

– Les lapins, dit Aimée dans un souffle, et elle se remet à trembler. István lui sert un autre verre, il dit :

– Évidemment.

– Je vous assure que chez moi c'est une torture, je n'y tenais plus, toute seule dans cette grande maison vide, si je crie qui me viendra en aide ?

– Bien sûr, dit István. Vous avez bien fait.

– Je me suis permis, lui explique-t-elle (à présent elle n'a d'yeux que pour lui), parce que ce monsieur (elle me désigne du pouce), ce monsieur a bien été le seul, de tout le quartier, à entendre mes appels, à me secourir. Vous n'imaginez pas ce que c'est que d'être âgée, solitaire handicapée, célibataire sans enfants, sans famille et sans avocat, et d'avoir cette vieille ordure en viager qui vous fait des méchancetés, des niches, il a de la malice, malfaisant, malodorant, venimeux, quel poison, il élève des lapins au fond du jardin. Je fermais les yeux. Sur beaucoup de choses. On a tort de fermer les yeux.

– À présent, il est mort, dit István. Vous aurez la paix, et votre viager. Vous l'avez bien mérité.

– Vous croyez ?

Elle médite un instant, ébranlée. István opine du chef. Encouragée, elle reprend :

– Mais maintenant il me harcèle avec ses lapins, ils couinent à longueur de nuit, je ne peux pas fermer l'œil. Depuis huit jours qu'il est mort dehors, pas une nuit tranquille, il fait du raffut, il me tourmente avec ses horreurs, cette canaille. Vous savez comment il les tuait ? D'un coup, du tranchant de la main sur la nuque, net, oui, à la main nue, en les tenant par les oreilles, il avait des mains d'assassin. Il est mort de même, je peux vous le certifier.

– Ce n'est pas possible, vous croyez ? m'exclamé-je, intervenant malgré moi, avec un effroi soudain devant l'âpre, miraculeuse et cruelle illumination de la vérité, la déconcertante et sublime clarté du destin, quand, brusquement, il advient et se révèle à nos yeux humains.

– Sûrement, dit István en me jetant un regard désapprobateur.

– J'en suis sûre, dit Aimée.

Ma tante Emma, institutrice, nous enseignait, sur les sites que nous visitions, la vindicte de ces dieux oisifs et malintentionnés, de ces sphinges aux seins lubriques, acharnés à traquer les mortels, à leur réserver les pires sorts avec fanatisme et raffinement ; ils n'ont rien d'autre à faire dans leur Olympe que pousser les hommes au crime puis concevoir, ironiques et patients, les traquenards, les culs-de-sac où ils les engageront, les feront tomber tôt ou tard, faits comme des rats. Alors les hommes connaissent leur fin d'avance, ils apprennent de la bouche édentée d'un vieillard, d'un mendiant éméché, d'un enfant débile, que plus rien ne peut être tenté, ils brament, ils se débattent et se tordent dans les convulsions, ils hurlent à la mort le temps d'une agonie dans la grande clarté, mais c'est déjà fini, leur compte est réglé. C'est l'essence de la tragédie, vous avez compris ? Ma bonne tante avait des principes et des préjugés, elle nous instruisait de manière un peu sommaire, mais dans mon imagination enfantine cette clarté illuminante du destin, sa lumière sans ombre, sans recours, donnée au moment de la fin, me semblait une invention d'épouvante. Que la vérité ne se révèle que dans l'horreur d'une bouche d'ombre ; qu'il faille, pour la voir, traverser des plages de fin du monde ; que nous ayons besoin pour cette clarté de tant d'obscurité, de malheurs, de crimes, de trahisons avant d'y parvenir, et que, pour atteindre un peu de cette exactitude de la chose vraie, nous ayons besoin de la mort, je ne veux pas le croire. Cette clarté pue le cadavre, fermente de peur, elle humilie et corrompt.

Elle n'est pas une clarté pour notre entendement, pour notre vision, je ne veux pas savoir. Je ne veux pas entendre.

– C'est épouvantable, dis-je, et je vide un grand verre de vodka.

István acquiesce lâchement, sait-il de quoi je parle ? S'il est mon ami, il comprend qu'avoir en héritage dans votre cerveau une maison penchée, posée sur un socle en ciment comme une tombe au bord de la nationale, ne vous laisse pas un instant de répit. Je ne peux pas la vendre, elle est invendable. Je ne peux pas la faire raser, l'anéantir, je l'ai en indivision avec une personne disparue, je la partage avec un fantôme de mère qui la hante sans l'habiter, nous sommes copropriétaires. Nous n'irons devant aucun juge pour régler nos différends. Dans cette maison fermée, qui ne tente aucun voleur, aucun vandale, juste fermée à clef, je me déplace à tout moment comme une ombre, pas plus épais qu'une ombre vraiment, en apesanteur et à grande vitesse, de bas en haut, de haut en bas et d'un mur à l'autre. J'en connais tous les recoins, les aspects discrets, les impropriétés et les avantages, ils ne sont pas nombreux, un plan pareil il fallait mon père pour l'imaginer. C'est une maison d'enfance où j'ai été témoin des commencements, c'était mal parti. Des gens encore jeunes y vivaient, c'étaient mes parents, eux-mêmes sans parents puisqu'ils n'en parlaient jamais, pour moi le monde commençait avec eux. Il n'y a que les enfants et les mourants pour croire, pour vouloir, que le monde commence et finisse avec eux. Ils n'ont pas eu le temps de vieillir, ils ne vieillissent pas, le temps était lent, il ne coulait pas. Je me rends compte aujourd'hui combien ils étaient jeunes parce que je le suis moins. Je n'ai plus mon corps de quinze ans, ni de douze, eux gardent le leur, taciturne et mélancolique. Ma mère avait des odeurs, elle rangeait, le monde était en ordre, un ordre effrayant de paix, tout était à sa place, sans recours, dans un silence à couper au couteau, mais cet ordre me convenait puisque c'était le commencement, je n'en connaissais pas d'autre.

Maintenant vous pouvez entrer dans ma chambre d'enfant, entrez. Comme dans la chambre de Norman à la fin du film d'Hitchcock, ma gorge se serre. Les larmes m'aveuglent quand je vois la femme entrer dans cette petite chambre, ma blessure obstinée, ma vieille blessure se réveille. Dans cette chambre, vous voyez, il y a un petit lit, une couverture en patchwork, un lapin en peluche ; il y a un Teppaz avec un disque en vinyle, c'est la *Symphonie héroïque* ; il y a des livres, et elle ouvre un de ces livres. Mais vous ne saurez pas ce qu'il y a dans ce livre. Vous ne verrez que son visage interdit, l'étonnement indicible, la compassion ou l'horreur de son visage quand s'ouvre à la page précise, de lui-même, le livre de l'enfant ; quand elle entre dans sa lecture, qui est le secret de son être, de son âme, le secret de son crime. Elle est incrédule, elle ne comprend pas, ce qu'elle voit la dépasse. On sait juste avant qu'on ne doit pas savoir, ne pas entendre. Pour connaître l'addition exacte que font le lapin, la couverture en patchwork, le disque et le livre, il vous manque ce que vous ne pouvez pas savoir, pas entendre de l'enfant, ce qu'aucun film ne montrera jamais. Car si cela prend, pour finir, la forme d'une momie grotesque de carnaval, ou d'un monstre qui sort de la fange avec sa tête de calandre et de phares, une tête hideuse de dieu grec, surgi de la mer ou du cloaque, ce ne sont que figures rudimentaires. La vérité tirée au treuil du marécage des horreurs humaines est affreuse, aucune psychanalyse ne l'élucide. Le plus souvent elle ressemble simplement à un visage, à un paysage anodins, vous n'en voyez pas l'anomalie, la chose sombre, indécidable, le point noir à l'horizon qui fourmille et se dissout dans le sable, quelque chose qui n'a ni nom, ni forme appropriée à votre connaissance. Si quelqu'un fait mes poches, il trouvera une petite clef, celle de la maison rouge. Elle est maléfique, enchantée, elle est corruptrice et empoisonnée. Elle vous ouvre la chambre de mon enfance, entrez, vous n'y trouverez rien. À personne je ne dirai mes secrets.

– Croyez-vous aux spectres, aux revenants ? s'enquiert Aimée, l'œil allumé.

– Mais non. Nous sommes agnostiques, et même scientifiques, précise István – je le trouve patient.

– Ça n'empêche pas de croire, oppose-t-elle et elle se sert un autre petit verre.

– Maintenant il se fait tard, nous allons vous raccompagner, décide-t-il enfin, patelin, l'encourageant du geste.

Elle veut bien, mais au moment de partir elle se ravise :

– Emportez donc le couteau.

Nous emportons le couteau, nous raccompagnons Aimée. La minuterie marche parfaitement, je le fais observer.

– Ne pinaille pas, Joseph, à l'heure qu'il est, me sermonne István.

Nous empoignons la voisine sous les bras. Entre nous deux, gaillards, elle est alerte, elle tricote des petons au-dessus des marches. Dehors, la pluie a cessé, mais il fait frisquet. István l'enveloppe d'autorité dans mon écharpe rouge, on ne va pas la laisser attraper une congestion, par-dessus le marché. Dans sa grande maison vide, il fait noir comme dans un four. Au bout du couloir on voit une lueur, l'encadrement de la porte ouverte sur le jardin.

– Je vais m'assurer que tout va bien, décrète István, et il s'éloigne au fond du couloir.

– S'il vous plaît, sans vous commander, vous êtes bien bon, dit Aimée, attendrie.

En attendant, je l'aide à entrer chez elle. Il y a encore sur la table son dîner solitaire, sa tisane et son tricot, des lampes allumées, couvertes de dentelles au crochet. Je l'installe sur une chaise, elle se penche vers moi, me tapote le bras.

– Quel ami serviable vous avez, sincère et dévoué. Gardez-le, un ami véritable est une douce chose, il cherche vos besoins au fond de votre cœur ; un songe, un rien, tout lui fait peur, quand il s'agit de ce qu'il aime.

Dit Aimée. Et elle a raison, en ce moment un rien me fait peur, et c'est peut-être un songe, je cherche en vain les besoins de mon ami au fond de son cœur insondable, il devrait me garder, il devrait m'aimer.

Je ne sais trop quoi faire de mon grand couteau, il m'encombre, il me compromet. N'importe qui, par exemple l'inspecteur Verlaine, me surprenant à l'instant chez notre voisine, en cet appareil, à cette heure de la nuit, aurait des soupçons. Moi-même j'en ai, je me demande. Et que fait István dans le jardin nocturne, il ne revient pas, sa complaisance est extrême à rassurer notre voisine dérangée qui cherche midi à quatorze heures, elle a des visions, elle entend des voix, mais je la comprends, moi aussi je crois aux fantômes, aux spectres, j'en ai fréquenté.

István revient enfin, il se frotte les mains, d'un air satisfait.

– Tout va bien, on n'entend plus rien, les clapiers sont vides, j'ai remis de l'ordre. À présent vous allez pouvoir dormir tranquille.

– Ça se peut, mais je dormirais mieux avec le couteau, objecte-t-elle.

– On vous le prête, concède István et, amical, il pose une bise sur ses cheveux mauves crantés. Je ferais bien de même pour ne pas être en reste, mais il y a des limites à l'empressement, nous quittons la voisine. Derrière nous, elle tire les verrous. Nous remontons chez moi en vitesse. Tout ce temps la lumière est restée allumée, maintenant le mal est fait, mes amies asiatiques seront contrariées.

– Ne fais pas cette tête, me dit István, tu le retrouveras, ton couteau.

– Je te ferai observer qu'elle a aussi gardé mon écharpe, remarqué-je, ça fait beaucoup.

– Joseph, ne sois pas tatillon.

– Je suis tatillon, je pinaille, je réclame et je proteste, j'en ai par-dessus la tête de ce cinéma nocturne, d'Aimée et de ses lapins. Et d'abord, que faisais-tu à fouiner dans son jardin comme un voleur, que faisais-tu à poursuivre nuitamment un mort dans un endroit de poésie factice (soit dit en passant), et depuis quand assassines-tu les gens parce qu'ils te font peur, pourquoi laisses-tu sournoisement un colis à la consigne de la gare de l'Est en venant chez moi, pourquoi n'apprends-tu pas à nager, et combien gagnes-tu d'argent, pourquoi n'es-tu pas mon ami ?

À mon cri de colère succède un silence. Alors brusquement István me prend dans ses bras. Il me serre contre lui longuement, dans ses bras forts et généreux, ses bras enveloppants, protecteurs, amoureux, une de ces étreintes qu'entre hommes on ne se donne guère, dans ses bras je fonds, je m'abandonne, je redeviens tout petit enfant, je l'épouse. Pour un peu sur son épaule je pleurerais de bonheur, de soulagement, de gratitude et de tendresse, pour un peu il serait mon père et ma mère, le frère que je n'ai pas eu, toute ma famille évaporée, toutes les femmes que nous avons aimées et aussi mon cher lapin en peluche, pour un peu il serait tout cela. À l'exception d'Odile, qui m'est attachée. À mon oreille il dit :

– Je suis ton ami, Joseph, et je te garde.

Il éteint la lumière, nous sert deux verres de vodka. Il soupire, me sourit. Dans l'obscurité il n'a plus son visage de spectre, de noyé, je le reconnais. Je sais aussi que je vais entendre ce qu'il ne faudrait pas entendre, mais tant pis pour moi.

– Bon, puisque tu le veux, mettons les choses au point, tirons-les au clair du mieux que nous pourrons. Premièrement le jardin, dit István. Dans le jardin, je n'ai pas fait grand-chose, quelle obscurité. Il s'agissait juste de simuler de bonnes intentions pour apaiser cette dame. Il y a des circonstances où il vaut mieux simuler qu'être véridique. Dès qu'elle est parue sur le seuil, ficelée dans sa robe de chambre et branlante entre ses cannes, j'ai reconnu la fixité de son regard, l'odeur un peu aigre de sa peau, les signes de la confusion qui gouvernait son esprit, sa peur. Songe que, malgré son âge et ses cannes, elle est sortie dans la rue, elle a monté deux étages de marches malcommodes, elle a sonné chez un inconnu, ou tout comme. Mesure ce qu'il lui fallut de courage, de détermination pour franchir ces obstacles, même si la peur décuplait ses forces. Elle n'a pas fait un cauchemar, rêvé quelque chose de répugnant ou de terrifiant, par exemple son cruel ennemi cherchant à l'étrangler dans quelque cave immonde. Le cauchemar simple nous rend au monde sensible, bien qu'affreux il nous rassure en mettant fin au sommeil, c'est sa fonction. Alors nous buvons de l'eau, nous marchons dans la maison, nous allumons les lampes et nous chassons les visions. Mais lorsque, bien éveillés, la réalité se soustrait à nous, s'altère, se défigure, lorsque nous voyons de nos yeux disparaître la montre qui est sur la table, lorsqu'en un instant notre image se trouble et disparaît du miroir, ou que nos tympans nous font entendre des rires, des cris insensés, ou simplement le mugissement permanent de la mer du Nord en l'absence de toute mer, cela devient épouvantable, il n'y a pas d'issue. Nous ne réveillerons pas Aimée, elle ne dort pas. Nous pouvons tout juste la rassurer un peu, l'encourager à admettre que, de temps en temps, s'apaise un peu sa peur, qu'elle peut se bercer de contes. À entrer avec elle dans son hallucination, à faire un peu taire les lapins au fond du jardin avec quelques petits verres de remontant, nous lui apportons juste ce dont elle a besoin ce soir, nous sommes charitables, Joseph.

Ton idée était que le voisin mort venait dans son subconscient réclamer, protester de sa condition inique de cadavre oublié au fond du jardin. Qu'ainsi prenait forme sa légitime inquiétude de gardienne habituée à le voir passer, à l'entendre fourgonner dans ses étages, et maintenant quel silence, quel silence de mort, peuplé par les cris des lapins. Mais nous étions loin du compte ; dans sa confusion Aimée nous a éclairés : il y a huit jours qu'elle sait le mort étendu devant le clapier de ses lapins. Elle l'a en viager, il lui fait des misères, elle attend son dû : qu'il crève. Cette femme est redoutable, elle n'a pas d'inconscient. Méfie-toi d'elle, entre ses intentions et ses actes, il n'y a pas de différence. Elle a pu aussi bien l'assommer elle-même. Malgré l'obscurité (il ne fait jamais tout à fait nuit en ville), j'ai cherché et j'ai trouvé dans ce jardin ce que je cherchais : abandonné dans les buissons, quelque barre de fer ou manche de pelle dont elle a pu se servir, sans compter qu'une de ses cannes à bout ferré, ajustée avec énergie, aura fait aussi bien l'affaire. Tu me diras : elle ne peut s'en passer pour tenir debout, soit. Encore monte-t-elle deux étages sans tomber, et file-t-elle devant toi, tout droit, appeler la police, hier matin. Aussi bien elle a eu seulement la pensée de le tuer, sans passer à l'acte, mais qu'elle l'ait fait ou non, cela revient au même. Elle y a pensé, sans rien imaginer. Imaginer nous sauve, nous épargne, nous protège des autres et de nous-même. Nous imaginons séduire, vaincre ou nous venger, réduire d'un mot l'adversaire, le transpercer du couteau, le jeter à l'eau, et sauver celui qui est en danger ; mais tant que nous caressons en pensée le corps inaccessible, ou le ficelons, le bâillonnons pour notre plaisir, tant que nous inventons la réplique cinglante et la ciselons en rejouant la scène du mot qui tue, tant que nous prenons notre élan dix fois pour pousser celui-là sous la rame du métro, nous n'agissons pas et, plus le temps passe, plus s'éloigne de nous la réalité de l'étreinte, du geste que nous ne ferons pas, du mot que nous ne dirons pas, il est trop tard. Nous sommes assouvis, innocents, la fiction nous sauve. Elle combine et essaie, elle nous laisse le temps de savoir ce que nous voulons, qui nous aimons, ce que nous ferons.

Mais il y a des pensées exactes, pures de toute imagination, des pensées fulgurantes. Chefs-d'œuvre de justesse, elles ont une intimité si grande avec ce que nous voulons, ou avec ce que nous ignorions vouloir, avec ce qu'ensuite nous n'aurions jamais voulu, qu'à les concevoir la chose est accomplie. Dans l'éblouissement, il n'y a eu le temps ni l'espace d'une réflexion, le retard d'aucun calcul, ni le recul d'une correction critique, ce n'est plus un jeu d'hypothèse, un essai. Rien ne peut nous réveiller, nous ne dormons pas, nous ne pouvons plus faire que cela ait eu lieu ou non. Je ne te souhaite pas de vivre cela. Ensuite, sans fin, en reste le souvenir intact, notre imagination s'épuise à tenter d'en rejouer la vérité, de la gauchir ou de la transformer pour qu'elle soit fréquentable, de l'apprivoiser ou de l'effacer, mais notre cerveau malade est empoisonné, il reste dans cette clarté de la pensée juste que rien ne peut éteindre, ni sommeil ni veille. À peine pouvons-nous admettre que, de temps en temps, elle s'apaise ou se berce de contes. De quoi Aimée s'est laissée un peu convaincre. Mais il est à prévoir que demain, en reprenant ton couteau, ton écharpe, tu la trouves à nouveau tourmentée, exaspérée par ces cris, et même qu'elle finisse par s'accuser auprès de l'inspecteur Verlaine d'être la coupable de ce décès, accidentel ou criminel, comment veux-tu que je le sache ?

Deuxièmement, je suis d'accord avec toi. Les quais de bord de Seine, les arches et les ponts sont un endroit de poésie factice. Voilà vingt ans que tu m'y traînes, que je t'y suis chaque fois que je te rends visite, rituellement, le premier soir où nous nous retrouvons. Je me prête de bon gré à cette balade, au dîner chez Anselme qui la précède (malgré son exécrable mayonnaise), car je crois que tu trouves, à remettre nos pas dans nos pas, non seulement une consolation au temps qui passe (nous vieillissons, Joseph), mais le sentiment troublant et dangereux de rejouer l'avenir là où nous l'avons commencé, de tester son indécision, de tenter le diable. Car sur la table d'Anselme nous avons autrefois dessiné des cartes du Tendre, des plans de campagne et des stratégies érotiques, inventé des poésies et des théories qui, sans en avoir l'air, nous menaient tout droit où nous ne savions pas. Un geste, un mot nous engagent, sans le savoir, et surtout dans l'étourderie, la distraction (il faudrait se faire davantage confiance, s'écouter dire n'importe quoi), surtout quand nous nous croyons expérimentateurs ignares de mots et de gestes sans importance, ils sont si faciles, ils nous coûtent si peu, ils sont doux comme des bonbons sur notre langue, légers à notre corps ; mais très longtemps après, si nous faisons l'effort de nous souvenir, nous vérifions combien ils étaient lourds et chargés de menaces, de promesses, combien ils nous engageaient ; ils ont pesé et décidé, ils contenaient déjà ce qui allait se réaliser. Alors tu espères chaque fois qu'un soir, à cette table d'Anselme, nous pourrions déplacer un pion sur l'échiquier, jouer différemment le coup, nous révéler l'un à l'autre quelque chose d'inédit, d'inaccompli, inventer un geste, un mot qui déplacerait un tant soit peu le destin, et rien ne se passe. Nous rejouons ensemble la scène d'autrefois, nous remettons nos pas dans nos pas, avec crainte, avec prudence, parce que nous savons combien il est dangereux de déplacer les pions, de révéler l'un à l'autre un penchant, une tentation ignorés. Au fond, et nous avons raison, nous préférons le confort, la fausse connivence des cœurs, des âmes, au désaccord, à l'inquiétude, et peut-être à la guerre.

Mais ce soir Anselme est malade (lui aussi vieillit), son restaurant est fermé, et nous allons au Mantova. Jamais nous n'aurions dû nous trouver là. Sans que toi ni moi l'ayons voulu (jamais aucun de nous deux n'aurait tenté le diable, nous l'imaginions seulement, cela nous épargnait de le faire, cela nous sauvait), le pion s'est déplacé. Je dîne en face d'un mort, que je reconnais. Je le suis nuitamment sur ces quais de poésie factice, ce théâtre ancien de notre amitié, parce que, s'il n'est pas mort, ce que je crois, il a des comptes à me rendre, il faut que je le tue. Pour cela je veux être seul, je te congédie. Joseph, je te garde. Il y a des choses de notre passé que nous ne confions à personne, pas même aux êtres qui nous sont le plus chers, à nos amis, à nos amours, surtout pas à eux. Peut-être, cela arrive, nous épanchons-nous auprès de quelqu'un d'inconnu, rencontré dans un train, dans une salle d'attente, parce que ce sont des lieux vagues de transit où se relâche la vigilance ; nous laissons fuir l'aveu parce que nous savons que nous ne reverrons jamais cet inconnu (quelle légèreté, comment en serions-nous certains ?), nous cédons à la tentation de déposer, comme dans une consigne sûre, au fond d'un tiroir obscur, dans un vieux sac au fond d'une cave, cette chose du passé enfouie au fond de nous, dont nous seuls sommes dépositaires, c'est lourd.

Maintenant, tant pis pour toi, il faut que tu saches. Sache que j'ai rencontré cet homme à une période instructive de ma vie où j'ai fini la bouche pleine de clous, bâillonné devant lui, il portait un brassard. Le principe du jeu était qu'il voulait obtenir le nom de quelqu'un, une adresse, qu'il savait d'avance, juste pour tester la résistance au rasoir, à la cigarette, à la trique. Cela autorisait quelques expériences, menées avec mépris et suffisance, sur la capacité de l'écorché, vomissant, délirant, à mendier le droit de manger ses excréments, à ramper pour lécher ses godasses cloutées, et cela pouvait atteindre des chefs-d'œuvre de bonté. Car à certains degrés incandescents de douleur, illuminé par la dissection, on peut avoir avec son partenaire une sorte d'humble solidarité, d'intimité pure, alors qui mendie, et qui donne le pardon ? Le tortionnaire a non seulement besoin d'être reconnu, cela est banal, il veut l'aveu pour l'aveu. Il veut aussi, surtout de celui qui ne se rend pas tout de suite, en qui une étincelle ivre de soi résiste encore, l'amour, la compassion de celui-là qui est son élu, son partenaire en perfection, le témoin bien-aimé de son pénible labeur, et du secret de son âme. Cet homme a obtenu de moi amour, compassion, gratitude, pardon, j'ai vu le secret de son âme. Je l'ai aimé, je lui ai pardonné, et maintenant je ne peux pas vivre sans le suivre jusqu'au bout du monde, jusqu'au bord de n'importe quel quai, pour le liquider, pour le foutre à l'eau. Et concède-moi que c'est d'une clémence, d'une mansuétude infinie, ma faiblesse est de ne savoir quoi inventer d'autre. Où que je le trouve, et encore demain, qu'il me suive ou que je le suive, je lui fais la peau. C'est peu dire qu'il me fait peur, il m'épouvante. Mais le tuer est un geste approximatif, incomplet, qui ne le supprime pas, même mort il vit encore. À vrai dire, je ne suis pas sûr que l'homme du Mantova, ce soir, était bien lui. Je crois que je l'ai reconnu. Je crois que je vais passer le reste de ma vie à le reconnaître partout et à le tuer. Cela signifie que je suis dangereux, Joseph. Attention à toi, si je te rencontre et te prends pour lui, je crois que je te tuerai aussi. Il y a des pensées exactes, pures de toute imagination, des pensées fulgurantes, elles ont une intimité si grande avec ce que nous voulons qu'il n'y a le temps ni l'espace d'une réflexion, ni le recul d'une correction critique, rien ne peut nous réveiller, nous ne dormons pas, nous ne pouvons faire que cela ait eu lieu ou non. Et jamais je n'apprendrai à nager.

Je me souviens d'un souvenir noyé au fond du temps, du temps d'enfance où les jours ne coulaient pas, le temps était lent. Mes parents avaient été riches, ils dirigeaient toujours la fabrique de cocottes, presse-purée, mais à cause d'un employé, d'un seul au-dessus de cent, ils atteignaient le nombre officiel qui faisait d'eux des capitalistes. Ils ont été nationalisés, plus rien n'était à eux. Ils m'envoyaient en vacances avec mes sœurs dans une ferme avec un puits à balance, du fumier, des vaches, et un lavoir. Je suis tombé dans l'eau. L'eau fraîche et bleue de savon du lavoir m'a embrassé, emmailloté, enrubanné de bulles, je tombais lentement la tête en bas vers le fond du lavoir, mais rien au fond ne se laissait voir dans cette obscurité bleue, je ne voyais que mes mains énormes, mon pied contre mon visage, s'agiter lentement comme dans les rêves, une fois je suis remonté à la surface mais la lumière de midi m'a frappé au visage, on aurait dit un coup de tonnerre, l'éclair et l'orage, et j'ai coulé de nouveau dans ce monde calme, silencieux et doux, consolant, emmaillotant et plein d'innocence, comme du temps dont je ne me souvenais pas, quand j'étais un tout petit nourrisson et qu'on me langeait, me donnait le sein, ou comme dans le ventre de ma mère quand elle ne pleurait ni ne désespérait, quand personne n'avait peur. Évidemment quelqu'un m'a tiré de là, un paysan. Ils étaient inquiets, furieux qu'il arrive quelque chose de fâcheux au fils de l'industriel, des ennuis qu'ils auraient de ne l'avoir pas tenu à l'œil. Ils détestaient l'industrie et le capital qui les ruinaient, on le leur avait dit, et mon plongeon leur semblait une méchanceté de petit-bourgeois contre les valeurs de la paysannerie. Malgré cela, de cette noyade je garde un si bon souvenir que la natation me semble une invention contre nature. Je dois mourir noyé, Joseph, ne te fais pas de souci, je mourrai heureux, innocent. J'ai grand besoin de cette idée pour pouvoir encore, à la première occasion qui se présente, poursuivre et tuer l'homme mort dans toutes les villes où il passe un fleuve.

Cela dit, je gagne plutôt bien ma vie pour un fonctionnaire hongrois, ingénieur en énergie nucléaire. Mon salaire ne te dirait rien car il faudrait calculer, par rapport aux indices économiques de ce pays, ce qu'il m'autoriserait chez toi de pouvoir d'achat, de qualité de logement, de confort et de standing, d'approvisionnements divers, de frais d'éducation et de loisirs des enfants, qui aiment les nouvelles mangeoires des McDo de Budapest, et ce qu'il m'offrirait de marge pour jouir de fantaisie, de luxe ou de placements lucratifs afin d'assurer notre vieillesse, pour jouer, pour payer le bronze et la fonderie de Christine, l'art nous coûte cher malgré les subventions d'État, à quoi sert l'argent quand on n'a ni faim ni froid ? De plus, n'apparaissent sur ma feuille de paye ni les indemnités de déplacement, les avantages en nature, ni les primes de risques. Je cours quelques risques, en ce moment, à répertorier et expertiser l'implantation d'armes nucléaires miniaturisées, du volume d'une simple valise, disséminées par des agents soviétiques entre 1988 et 1992 sur des cibles stratégiques d'Europe inaccessibles aux missiles, de petites charges à fission (tu me suis, Joseph, ce sont des bombes A) (je te suis, István), de la taille d'un sac de sport, convoyées par les moyens classiques des réseaux de drogue, et qui pouvaient être réactivées par des agents spécialisés, au dernier moment. Nous ignorons si ces charges ont été réellement disséminées et où. Elles ne nécessitent pas d'entretien, elles peuvent être stockées plusieurs années, sans dommage ni danger. Le problème est qu'en l'état actuel personne en Russie, ni dans les services de renseignements européens qui collaborent tant bien que mal, personne ne peut dénombrer exactement et localiser ces charges, pas davantage celles que les Américains ont disposées de leur côté du temps du pacte de Varsovie, et nous passons notre temps à vérifier le démantèlement d'un arsenal nucléaire fantôme, dont tout le monde a perdu la comptabilité. Je ne suis pas un agent secret, seulement un expert assez spécialisé, je ne te confie pas un secret d'État, mais ne mets pas cela sur la place publique, nous aurions des ennuis, n'affolons pas les populations. C'était juste pour te dire que, tout en gagnant bien ma vie, je n'ai guère le loisir ni l'esprit d'en profiter, je n'ai même pas le temps d'aller aux Galeries Lafayette m'acheter des souliers occidentaux élégants, une veste en vrai tweed d'Écosse et un pantalon en alpaga (là, je proteste : István, l'alpaga ne va pas du tout avec le tweed, il vaudrait mieux du shetland ou de la flanelle, et il n'y a pas que les Galeries Lafayette à Paris pour dépenser de l'argent).

Enfin, pour la consigne de la gare de l'Est, c'est plus facile, je ne répondrai pas, je ne peux pas. Je vois bien que tu as aussi sauvé mes poches de la noyade et que tu y as trouvé des raisons de t'interroger, mais tant pis pour toi. En effet il y a beaucoup de choses, là-dedans, comme dans toutes les poches, qui nécessiteraient une légende appropriée, quelques éclaircissements. Comme nous y passerions la nuit, et que je ne suis pas sûr d'avoir les bonnes réponses ni, si je les ai, de vouloir les dire, je vais en rester là, ne m'en veuille pas. Je crois que j'ai mal à la tête et que je vieillis. Je ne suis pas sûr d'avoir les idées claires. Je ne suis pas sûr de tes intentions, bien que tu aies sauté sans hésiter dans l'eau noire du fleuve, dans ses remous noirs, pour me sauver malgré moi d'une mort heureuse, j'étais innocent. Il y a des circonstances où l'on peut faire beaucoup de bien, ou de mal. Il y a une manière amoureuse et pleine de pitié de caresser le front d'un mourant qui n'arrive pas à mourir, qui ressemble à la haine. Il y a une manière intelligente et belle d'inventer des atrocités, et on peut aimer en faisant souffrir, je suis fatigué, Joseph garde-moi.

Dans l'obscurité, István est blême, il est effrayé, vous le seriez de même. À mon tour je l'ai pris dans mes bras, que faire d'autre ? Je l'entoure et l'encorbeille, je l'étreins tendrement, avec précaution comme à son sein une mère son nouveau-né, je le presse et l'enlace comme un amour chagriné qu'il faut consoler, mon petit rat, mon petit lapin, mais cela est vain. C'est qu'on n'a pas beaucoup d'autres moyens que de se toucher, se palper, s'empoigner, se tordre et se caresser, s'effleurer du bout des doigts ou se pétrir à pleines pognes, que de tapoter, chatouiller ou griffer, s'étrangler, se masser, c'est vraiment primitif. Il faudrait apprendre à se regarder. Soudain sur mon épaule István pèse plus lourd, il s'effondre, il ronfle. Il s'est endormi. Bordel, vous avez vu l'heure ? Hop, au lit tout le monde.

J'arrive à l'Institut, je passe le contrôle, je me dirige vers l'ascenseur, je suis nu et rien ne me semble plus naturel. Les chercheurs des différents laboratoires sont là, à attendre l'ascenseur avec moi, ils font comme si de rien n'était. Je me vante, je ne suis pas nu, ce n'est pas un rêve, c'est lundi matin.

Dans ma cellule du labo, je me prépare à travailler (je fais semblant), ce matin est bizarre. Harnaché de ma combinaison étanche et du masque de sécurité, je transpire, je ne suis pas nu là-dedans, impossible, et j'ai la tête ailleurs. Méticuleux, dans la lune, j'accumule les rangements pour préparer (retarder) le moment de m'y mettre, et midi arrive, je n'ai rien fait, qu'un semblant d'ordre préparatoire. Par la fenêtre je vois la cour, le ciel gris, ce matin l'air mouillé avait des souffles sensuels et mous sur la peau. Les arbres éplorés dans la cour de l'Institut m'inviteraient, si j'y étais disposé, à la sentimentalité de l'automne, à la mélancolie de ce qui finit, une fois encore cela finit, et à quoi bon ce qui s'achève et recommence, *déjà l'an dernier à la même époque* István et moi nous promenions sur nos quais, au bord de la Seine. J'ai un début d'agacement pour ce mensonge imbécile entretenu entre lui et moi, contemporain chaque année de la mutation naturelle des arbres, même ceux des villes imitent la tristesse insidieuse des saisons, tout ce qui me rappelle la campagne m'insupporte, surtout les matins d'insomnie où je ruse avec moi-même pour travailler (faire semblant) et où, par la fenêtre, je les regarde encore recommencer, finir et continuer leur immuable mue. Maintenant au moins je sais que ce n'est pas moi qui lui concédais la fatale balade, mais lui à moi, s'inclinant devant ce qui lui semblait une faiblesse, la tentation mièvre de remettre nos pas dans nos pas, pour ne pas vieillir, pour recommencer l'avenir (me l'imaginer), me pardonnant même mon attachement aux recommencements, au nom des mêmes raisons pour lesquelles je m'obligeais à le traîner là, et à l'en excuser, au nom de notre amitié. Je me souviens que je ne sais rien d'István, ni de l'amitié que j'ai pour lui, qui prend forme de cette fidélité inepte à un vœu qu'il n'a jamais formulé, continuant à me donner raison contre lui, sans jamais douter, et sans qu'il daigne ou ose me dessiller.

Cette pensée nouvelle, inopportune, me blesse, il faudrait commencer à travailler (disons avancer) sans plus regarder les arbres et leurs signes saisonniers toute une matinée. Mes employeurs ne plaisantent pas avec les jours ouvrés et le rendement des recherches. Je cherche en ce moment (je ne suis pas tout seul) comment se dissémine, et où, une protéine qui a la propriété originale de se stocker sans dommage ni danger, jusqu'au jour où un agent extérieur, en l'occurrence l'acide aminé BH25(V), la transforme en bombe miniature (vous me suivez ?), alors le génome mue, il déclenche un programme irréversible auto-immun qui va révolutionner l'agronomie et la géopolitique des rapports Nord-Sud, Odile nous sommes en danger. Quelle excitation (sexuelle ou de vanité) pouvons-nous en tirer, quel avantage consolateur, outre ma feuille de salaire, mes indemnités de risques et le prix scientifique qui me pend au nez (je me vante, il sera collectif), plus la vieille, faible idée périmée, infantile, que mon père serait content, il y a longtemps qu'il n'a plus mal aux dents. À vrai dire je ne connais pas d'autre moyen de gagner confortablement ma vie, à rien d'autre je ne suis bon.

Après dix mois de chômage, j'ai été recruté, il y a cinq ans, par contrat reconductible, engagé à ce travail sensible au vu de mes diplômes conformes, de mon CV profilé, sur entretien de personnalité et enquête de moralité, expertise graphologique en annexe, ils ont sondé mon cas. Et de glissements en postes successifs, me voilà rendu dans cette cellule où je m'incarcère tous les jours sous haute protection de vidéosurveillance et de combinaison étanche, où je cherche des programmes auto-immuns, mais ma nudité résiste. Ma nudité est factice, elle est moins vraie que mes paroles, que mes pensées. Elle est ma peau d'emballage, car le tégument permet, à l'ovule des angiospermes comme à l'homme, de produire peau et poils, glandes et phanères, cuticules, corne d'ongles, barbe et cheveux, et structures conjonctives sous-jacentes, je suis pris dans ma peau, comment voulez-vous être nu dans ces conditions ? Je pourrais tatouer mon corps de serpents, de crabes, de cœur transpercé « à toi pour la vie », pour démontrer à quel point il est habillé de cuir, carapace, armure, ma forteresse. Au-dedans il y a mon âme, insondable. Il faudrait s'écorcher pour voir un peu dessous, et encore, les écorchés des gravures tiennent leur peau en dépouille exquise au bout des doigts comme un trophée, ils ne sont pas à poil pour autant. Tu es un écorché vif, me reproche parfois Odile, blinde-toi, Joseph. Ne vois-tu pas que je suis blindé, malheureuse, et nu je ne suis pas ingénu. Je regarde dans le miroir mon corps mouillé en sortant de la douche, il n'est plus celui de quinze ans, ni de douze, sans rancune. J'ai quelques cheveux blancs disséminés, la dépigmentation, à mon âge, est classique, on dit qu'elle donne aux tempes quadragénaires (quasi quinquagénaires) du charme, attention à la calvitie et aux pellicules.

C'est qu'il me faut encore, avec cette peau, avec ce corps quadra(quinqua)génaire masculin et ses appendices émotifs, encombrants, ses imperfections locales et ses défaillances chroniques, avec mon manque pondéral, mes baisses de tension entre extérieur et intérieur, séduire Odile, emballer cette femme, c'est tous les jours à recommencer. Nous tenons depuis pas mal d'années, nous cherchons l'accoutumance et son contraire, la sauvagerie et la domestication, le dosage est délicat entre haut et bas, son appartement et le mien unis par l'escalier conjugal intérieur, qui est notre baromètre amoureux, que je le monte ou qu'elle le descende. C'est que je ne suis pas le premier homme de sa vie, elle me le rappelle en toutes occasions, et moi je réplique : toi de même. Match nul, nous sommes bien avancés. Évidemment, à notre âge. Il y a là derrière des choses à ne pas écorcher, susceptibles, épineuses, des choses irréparables, par exemple faire un enfant, n'en parlons pas. Nous nous regardons en chiens de faïence, attention n'y touchez pas il est fêlé, le premier qui craque répare l'autre, elle a une armoire à pharmacie de premiers secours. En général je flanche le premier, par lâcheté, tant j'aime qu'elle me soigne, nue sous sa blouse d'infirmière, sans culotte et sans soutien-gorge, tous les hommes ont envie de ça, nous avons un imaginaire pauvre. Je lui dis, ma main sur ses fesses : Odile, tu es le premier homme de ma vie. Crois-moi, dit-elle, tu ne l'emporteras pas en paradis. Elle me soigne quand même, me console de lui avoir fait du mal, elle me dit : félon infâme, suborneur, je ne serai pas ta sœur de charité, j'y vois clair en toi. Je ne suis pas clair, je suis Joseph le ténébreux. Quelle nuit noire, quelles ténèbres en moi sous ma peau coriace. Je désire et je redoute la lumière qui me traverserait, je l'appelle de mes vœux et je l'exècre, elle m'éclairerait sur moi-même. Mais je ne veux pas de cette clarté pure, implacable et définitive du destin qui vous illumine et vous foudroie, vous irradie et vous laisse en cendres. Je ne veux pas être radiographié par les dieux. Je voudrais juste qu'Odile perce mon obscurité à la lampe de poche, inspecte quelques recoins suspects à moi-même, mais pas tous, je ne veux pas qu'elle entre dans ma chambre d'enfant, ça non, elle aurait trop peur de moi.

Cependant, apparemment, nous nous complétons, moi je m'occupe du grille-pain, je surveille le jardin, le mur de lierre, les dames asiatiques, j'observe. Quand elle est là, elle décoince les fenêtres, elle débouche l'évier mieux qu'un professionnel, nous n'appelons jamais un plombier, elle retrouve sous mon nez ce que j'ai perdu, elle fait du stretching et des abdo-fessiers athlétiques dans un club féminin, et elle dépense mon argent. Elle est dépensière avec outrance, élégance et faste, mon argent est le sien. Elle a des appétits, de brusques flambées hystériques de dépenses menstruelles, elle claque ma prime de risques par subite crise de sinusite (son nez en patate s'enrhume souvent), ou pour compenser son hypotension qui lui donne trop mauvaise mine. Ensuite, épluchant les relevés bancaires avec effroi, elle fait un chèque excessif à Amnesty, ou à Handicap (internationaux), aux Petits Frères des Pauvres. Ou alors elle devient pingre par accès, pour se punir d'avoir un père qui lui a offert une enfance bourgeoise sans souci, confortable, pleine d'affection et d'instruction. Elle se prive pour se racheter, m'acheter, me vendre. Vendu, gémit-elle quand je la prends dans mes bras pour tâter son pull en cachemire, l'échancrure opportune de son chemisier, visiter son nouveau soutien-gorge en Lycra façon crêpe de Chine, garde-moi murmure-t-elle. Ne me quitte pas répliqué-je, poliment, nous nous complétons. Quand j'étais au chômage, avant mon recrutement et mon incarcération industrielle, elle virait tout son salaire sur mon compte, avec mes indemnités, pour faire bloc, disait-elle, nous serons austères. Ainsi c'est elle qui m'empruntait, me demandait la permission, avec intérêts, je fermais les yeux, nous faisions des économies. Car elle peut être aussi abstinente, spartiate, et même rigoriste, mais pas tartuffe, ses périodes de contrition sont calculées en vue de jouissances futures précises, que nous paierons très cher, mon amour, elle l'escompte bien, quelle flambée, quel potlatch. Ainsi, pingre, elle se refuse à moi sous toutes sortes de prétextes, mauvaise mine, sinusite, contrariétés avec son père, ou bien elle a un travail fou, ou alors, dispendieuse, elle me coince en rentrant sans crier gare, encore dégoulinante en manteau de pluie, derrière la porte elle m'impose des relations mouillées immédiates, je ne suis pas toujours en forme, elle est tolérante. Ses souliers à talons, ses bas gris et son tailleur tiré à quatre épingles me manquent, je me demande ce qu'elle fait en Espagne, comment est sa chambre d'hôtel, j'ai du mal à l'imaginer.

Hier dimanche, j'ai déjeuné avec son père mon beau-père, il m'invite en l'absence d'Odile ; nous avons mangé des huîtres et une choucroute à la gare de l'Est. Ce père, médecin généraliste de quartier, veuf depuis longtemps, a trois enfants (mes six beaux-frères et belles-sœurs) en sus d'Odile, sa dernière, sa préférée, quoi qu'il en dise. Il proteste, l'innocent, que ses enfants sont égaux à ses yeux, qu'il les aime tous au même degré malgré leurs différences, leurs qualités et leurs défauts. Elle lui fait payer cher cette intolérable égalité, cette préférence inique, cette indulgence invariablement et hypocritement distribuée, elle prend prétexte qu'il lit *Le Figaro*, et qu'elle a hérité de son nez. Le pauvre homme tire le diable par la queue, il travaille dix heures par jour et pense encore aux noëls, aux anniversaires, aux fêtes des mères (pétainiste et réactionnaire, lui objecte Odile, féroce), certes il a le nez fort. Mais intéressant, et il est de bonne volonté. Moi qui n'ai eu que douze ans de père, encore moins de mère, je le trouve convenable comme beau-père, et ses enfants et conjoints, que nous voyons peu, me semblent sans relief extravagant ni aspérité douteuse. Justement, dit Odile, ils sont insipides, infréquentables. Quel luxe, quelle opulence, quel gâchis d'avoir toute une famille normale et constituée, et de la gaspiller. Elle me trouve reposant d'être sans ascendants, sans frères ni sœurs, c'est une grande partie de ton charme, admet-elle, encore tolère-t-elle ma tante Emma, je dirai même qu'elle a un penchant pour elle, à proportion qu'elle est ma seule parente. Mon beau-père s'est encore épanché, il a encore émis, à mi-mots, ses regrets que nous n'ayons pas d'enfant ; il y met les formes, il se méfie, il sait le sujet sensible mais ne peut s'empêcher d'y revenir, c'est plus fort que lui, cet homme vénère la procréation. Je ne pipe mot, je ne vais pas lui donner du grain à moudre, je ne vais pas lui rappeler qu'à notre âge, avec nos vies séparées, il se fait tard, n'en parlons pas. J'espère qu'avec Odile il s'abstient, mais ce n'est pas sûr, elle rentre de chaque visite chez lui avec mauvaise mine, un début de sinusite ou des dartres, elle se gratte, il la rend nerveuse. Quant à moi, ne pas être père je supporte, j'ai encore du mal à m'adopter. Je n'allais pas le lui expliquer devant la choucroute, lui raconter ma vie, il ne me l'a jamais demandé, soit par discrétion, soit par oubli. Il y a des gens qui se suffisent de vous voir exister le temps que vous êtes avec eux, en dehors ils ne s'en soucient guère, c'est reposant de vivre au présent.

De plus, j'ai la tête ailleurs. J'ai laissé István à son sommeil profond, cette fois les somnifères et la vodka ont fait leur effet. J'ai décroché le téléphone avant de partir, il avait besoin de récupérer après une nuit pareille, seulement maintenant je ne peux même pas l'appeler pour savoir s'il trouvera le frigo, le lait ou le café, s'il saura faire marcher le grille-pain, il est cassé. Enfin il grille, mais sans s'arrêter. Et je préférerais qu'il n'essaie pas d'ouvrir la fenêtre, elle est coincée, Odile s'en chargera en rentrant. Je ne connais pas son programme, s'il a des rendez-vous ou des obligations, s'il sort j'espère qu'il me laissera un mot sur la table, moi je lui en ai laissé un : je reviens vers cinq heures. J'ai la tête ailleurs car je pense à ce moment au Mantova, où István m'a parlé d'Alicia.

Nous étions installés face à face, nous dégustions notre crudo de Parme avec de l'huile d'olive et du parmesan, juste avant qu'il me raconte sa rencontre, sa vision du peep-show. Avant de commencer à parler, il a eu un étrange sourire en coin, il perdait ses yeux vers le fond du restaurant derrière moi, je croyais qu'il y cherchait une image. Du moins les mots pour la décrire, c'est une autre affaire. Je croyais qu'à ce moment il rassemblait le souvenir, s'efforçait de le susciter dans sa précision et son exactitude anciennes, pour revoir, au fond de ses yeux, l'image d'Alicia éclairée par le faisceau cru des projecteurs plongeants, dont la rotation lui confisquait par moments le visage, attendant la fin de chaque tour pour l'identifier, la reconnaître, s'assurer que c'était bien elle, il n'en était pas certain. Bien qu'il ne m'ait pas raconté la fin de l'histoire, la tête de ses compagnons à la sortie, et comment s'est terminée la soirée milanaise en goguette, au moins d'une chose je suis certain : il ne l'a pas attendue devant la porte, il n'a pas réclamé de rencontrer la femme exposée, ni obtenu son nom, il n'a pas vérifié son identité. Sinon il ne dirait pas : je suis sûr que c'était elle. Il dirait : *c'était elle*. Au Mantova, des mois après, il était toujours dans cette incertitude, rien n'était venu, depuis la soirée de Milan, conforter son impression. Mais il caressait cette image, il voulait m'en convaincre, il voulait me séduire, que j'aime avec lui cette idée de la rencontre inopinée, érotique, poétique et romanesque avec notre amie Alicia. Il rassemblait, dans ses yeux perdus au fond du restaurant, la force magique des images et des mots, subtile, empoisonnée, par laquelle se compose le récit, son enchantement, qui nous charme et qui nous fait croire. Pour cela il faut d'abord s'en persuader soi-même, n'en plus douter, se croire soi-même. Il faut entrer le premier dans le charme, sinon on ne convainc ni ne séduit, on ne raconte pas, on relate.

István était donc dans cet état, emporté par le songe sincère et prodigue, quand il a commencé à voir l'homme à l'autre table. Il ne le voyait pas vraiment, perdu dans son champ de vision, dans l'indistinction du paysage un vague point noir fourmillant comme dans le sable, la brume, cependant une forme stable, résistante. Il vaudrait mieux convenir de la nature évanescente, improbable, de cette silhouette de dîneur perdue parmi les autres, qui ne fait aucun signe à ses catégories perceptives pour le moment, et cependant s'obstine, s'impose insidieusement à lui tandis que, pour me plaire, il cherche (croit chercher) l'image d'Alicia ; pour estomper le doute luttant, par les mots ensorceleurs et pleins de mensonge, contre l'inertie tenace et résiduelle de la vérité, contre ce qu'il sent résister en moi d'incrédulité, de méfiance, vais-je le croire ou non ? Et tandis que, tendu vers cette image, vers moi, mon ami tombe dans l'eau bleue, obscure et douce, pleine des bulles de son innocence, l'eau savonneuse de ses illusions, l'homme pince le haut de son nez, où l'irritent ses lunettes, se penche et se sert un verre de vin frizzante d'un geste soudain familier, alors il le reconnaît.

Car cet homme s'est pincé le nez, il s'est versé un verre devant lui, en des circonstances qu'on ne raconte à personne, surtout pas à ceux qu'on aime. En un moment où s'abdique de soi tout ce qui nous tient debout. Où ce n'est pas tant la supplication, le gémissement, le cri que l'autre a obtenus de vous qui vous ont vaincu, mais le renoncement à toute estime ou mépris de soi, l'aveu abject inarticulé de votre amour, de votre pardon arraché, mendié à genoux, son oreille collée à vos lèvres. Alors on se souvient pour toujours du pincement de nez, du geste dont celui-là verse. Nul doute que le dîneur du Mantova n'a pas plus de chance d'être l'homme au brassard que la femme de Milan d'être Alicia, mais il court certainement plus de danger qu'elle de ressembler un peu, par hasard, à cause d'un geste anodin (qui ne se pince le nez où frottent les lunettes), à cet homme à tuer, que la mort ne supprime pas, que dans toutes les villes où passe un fleuve István croira reconnaître.

Et tandis qu'à l'instant mon beau-père soulève lui aussi ses lunettes, pince entre deux doigts le haut de son nez intéressant, tandis qu'il perd un peu son regard derrière moi vers le fond du restaurant, y cherchant rêveusement, lui aussi, quelque chose qui résiste, à rassembler ses idées concernant l'enfant impossible, ou alors une image ancienne, un fantôme personnel, ou bien rien, en ce moment il a des trous de mémoire, des moments d'absence – Odile dit : mon père baisse, qu'a-t-il à continuer de travailler comme ça, dix heures par jour, pourquoi ne prend-il pas sa retraite, ce vieux cheval ? –, tandis qu'il ramène son regard vers moi, un peu flou, un peu inquiet, je lui verse un verre de vin blanc, et me demande si j'ai bien fait de laisser István seul à la maison.

En mon absence, István fouillera les tiroirs, il fera mes poches, comme moi les siennes. Mais non, il n'y a pas de raison. Il y en a mille, une suffit. Il trouvera la petite clef de ma maison mentale, ou des boucles d'oreilles, ou des lettres d'amour, des relevés bancaires exorbitants, les dessous d'Odile, un trombone torturé, il ne trouvera pas de photos mais des fétiches godiches, mon lapin en peluche, quelle horreur. J'aurais dû cacher cet animal. Il y a des limites à l'inquisition, que réprouve la morale. Pourtant, surtout en l'absence de cas de force majeure, c'est incroyable comme nous tente, nous titille l'envie de fouiner avec un œil de petite souris, ou plutôt de rat, dans l'espoir de découvrir quelque chose qui nous révèle la face mystérieuse des êtres chers ou de ceux qu'on redoute, qui ne ressemble pas à l'image familière et trompeuse que nous avons d'eux, qu'ils entretiennent à nos yeux, avec laquelle ils nous séduisent pour mieux nous mentir, nous trahir. Ou bien c'est qu'ils se sentent en danger, il leur faut garder jalousement pour eux-mêmes ce visage dont ils ne sont pas sûrs, cette pensée, ce désir les inquiète, il leur fait peur. István est un agent du secret. Quoi qu'il dise, et malgré la bonne volonté de ses éclaircissements, l'aveu et l'abandon de soi dans la cuisine, à la lumière obscure des villes insomniaques, il enquête bel et bien comme expert sur une sinistre comptabilité de charges atomiques miniatures, qui vont faire exploser notre imaginaire. Il me parlait sincèrement, pour autant il ne m'a pas ouvert son cœur, l'insondable nuit de son cœur duplice, criminel et concupiscent. Je ne sais pas comment, ni où, sont disséminés les mensonges, les à-peu-près, je sais qu'ils existent. Et pourtant bien sûr je te crois, mon cher István. Je crois que tu me racontes des histoires, j'ai besoin de tes histoires et de ne pas y croire, je veux que tu me séduises et me convainques, que tu m'emportes avec toi dans la fiction de notre vie, je te fais confiance, tu es mon ami.

Ensuite, avec soulagement, j'ai quitté mon beau-père, je l'ai mis dans un taxi, devant la gare de l'Est. J'aurais bien fait un saut jusqu'à la consigne, mais à quoi bon contempler l'alignement anonyme des casiers, je n'ai pas gardé le maudit ticket. J'ai pris le métro pour rendre visite à ma tante Emma, dans sa maison de Montreuil. Le métro fonce dans sa nuit suburbaine, il m'éloigne d'István, je suis en danger de le perdre, un secret le menace ; et le père d'Odile me chauffe les oreilles, de quoi se mêle-t-il ? Il en veut à mon sexe d'être improductif. En moi il se borne à voir l'instrument conjugal de sa fille, je dois engendrer pour preuve virile. Qu'il prenne garde, ma personne virile est rétive, susceptible, ma queue est un sujet sensible. Certes ma tante, chère veuve, ne m'a pas bien enseigné la manière ni la gaieté de cet appendice ; j'en ai inventé seul des usages divers, qui ne regardent que moi. Mais que cela m'a pris de temps, quelle interminable enfance. Heureusement, elle n'était pas ma mère naturelle pour nouer à mon pénis la faveur fatale qui ligote les fils. Quant à la mienne, de quel goulot naquis-je ? À son antre noir me lie mon nombril, ma chère cicatrice. Malheur ! on ne naît pas de soi-même : une femme nous met bas, des œuvres d'un homme. Celui-là ? D'enfanter quel homme est jamais sûr. Qui sait s'il est mon père ? De sa paternité mon sexe est tourmenté ; non d'elle car, plus que des mères, les hommes ont pour crime des pères pendus au bas de leur ventre, qui s'y accrochent et le dévorent, il faudrait qu'ils se les coupent, peut-être, pour être tranquilles ? Que mon beau-père aille au diable. Mon sexe est le doigt de ma solitude et de mon impuissance, indexé au bas de mon ventre à moi. J'aime cet endroit rival, qui me désigne et m'encombre, me dénonce. Il n'est nu ni honteux, ni coquet, ni obscène, je m'en porte garant, quoiqu'il soit traître à l'occasion, et je ne suis pas chaste. Il s'allonge et s'engorge, cependant sans gloire ni orgueil ; plutôt par nécessité, ou par miracle, quel engin étrange à moi. De mon haut, je me regarde bander, j'en jouis, sans m'envisager, je me suis extérieur. Mon sexe se figure, il est hors de moi, c'est sa faiblesse : il est anatomique sans mystère, il est visible. Malléable, plastique, et très exposé. La partie est inégale contre celui d'Odile, odieusement tapi, invaginé. Invisible, en vain, à le voir, intensément je m'applique. Dans le miroir, le mien se laisse examiner. Il a aspect et matière, courtaud, un peu épais de racine, ganté plus qu'embouti dans son capuchon, étroit du frein, haussé par mes couilles dodues, il ballotte contre mes cuisses, à l'aine il se cale. Si au moins de lui je pouvais naître, me connaître ; de moi-même. De mon propre chef, volontaire. Sans antécédent, sans mémoire, mon bel adversaire célibataire, mon cher ennemi. Je parle à mon béguin, à mon fétiche adoré, fripé coquillard endormi, engin à jouir bête, et nu je ne suis pas ingénu. István est-il nu de même, je me le demande.

De quelle paternité imaginaire s'enfante-t-il, et son sexe géniteur est-il encore frère du mien ?

Pauvre tante, elle ignore mon corps de garçon et je ne sais quel mauvais fils je suis pour elle ; elle, au moins, ne me réclame pas à cor et à cri de descendance. Un dimanche sur deux, je lui rends visite, elle n'a plus que moi. Je lui ai fait installer une douche, le confort moderne. La rue n'a pas changé, elle vit encore dans son trois-pièces, et elle a sa concession à perpétuité avec son défunt mari mon oncle, on ne peut être plus tranquille.

Quoique, tranquille, je ne suis pas. Il me faut, pour me rendre chez elle, chez nous, passer chaque fois devant cette maudite maison voisine qui m'obsède, me tenaille. Cette maison d'en face, qu'aucun plan de démolition ne menace, est toujours là, inhabitée, plantée comme une dent cariée. Elle a, derrière la grille envahie de ronces, sa façade de pierre ancienne que noircit la patine, ses balcons de fer forgé et ses mascarons sculptés, ses heurtoirs de bronze et ses volets fermés. Le toit d'ardoise est vermoulu, dévoré de mousses, mais il a l'air de tenir le coup. Il y a toujours la plaque sur la porte, en cuivre noirci. À peine délabré, le pavillon bourgeois fin de siècle se pavane encore au milieu des immeubles ouvriers, des bicoques de cours d'artisans, entre le garage de M. Morange et la papeterie des sœurs Devaroche, boutiques fermées. C'est cette maison qui a encore la plus belle allure de tout le quartier, mais comme une couronne sur une dent cariée, une dent pourrie, racine avariée. Quel entrepreneur aura enfin l'idée de la raser et de construire à la place un parking, un supermarché. Je passe devant en vitesse, je suis pressé, ma tante m'attend.

Le couvert est mis sur la table de la salle à manger. Comme chaque fois je la trouve désœuvrée, regard vide, elle me sourit. Peut-être est-ce le poêle à mazout, ce ronron réprobateur, ou le silence. Elle dit que sa tête enfle aux tempes, là. Ce bruit monotone lui donne migraine. Elle a trop tiré son chignon avec les épingles, ou bien ce sont ses médicaments pour le cœur. Elle se plaint d'avoir une tête comme un ballon, lourde à la poser sur la table. Elle soupire.

– Est-ce que je perds la tête, Joseph ?

Je connais par cœur son histoire de ballon, elle me l'a racontée cent fois. Enfant, elle joue du ballon, contre le mur du faubourg, quand passent les camions militaires. Le ballon roule sous les roues, elle le perd de vue. Elle attend longtemps la fin du convoi, le grondement n'en finit pas, elle veut ravoir son ballon, elle attend au bord du trottoir. Mais une fois les camions passés, la rue vide, dans la poussière il n'y a plus rien. Elle cherche sur les pavés, les trottoirs, derrière les palissades. Disparu, le ballon, volatilisé. Elle n'en est toujours pas revenue. Perd-elle la tête ? Le poêle ronfle. Je dis :

– Tante Emma, il fait trop chaud chez toi.

– Elles me le disent aussi. J'ai froid. C'est que je ne bouge pas. Julie a une étole, maintenant, un petit renard argenté, Cathy a des gants rouges.

Cathy et Julie sont deux copines, anciennes élèves de l'institutrice, elles viennent de temps en temps. Elles lui font des bises en l'air, lèvres à l'écart, à cause du rouge, des baisers à bruit de bulles, je les ai vues faire, ces chipies. Des évaporées, elles habitent le quartier. Le poêle ronfle, le tirage est trop fort, elle prétend que la clé est coincée, mais elle fait exprès. Elle veut avoir chaud par peur de manquer, elle se plaint que les choses raidissent dans le froid. Ça ne risque pas, on suffoque ici. Moi, je me déshabille et je m'installe pour une heure, pas plus. Elle dit :

– Tu ne vas quand même pas te mettre tout nu.

Elle rit. J'inspecte le couvert pour le thé : tasses, sucrier, pince à sucre, pot à lait, cuillères en vermeil, nappe amidonnée, nous sommes au complet. Et les biscuits nantais, dans la boîte en fer, le fer conserve la saveur des sablés, tu l'apprendras, mon garçon. Dans la cuisine, je suis sûr que la casserole est prête, la quantité d'eau exacte, il n'y a plus qu'à allumer dessous avec les allumettes, posées à côté du thé. Depuis des heures, elle m'attend, ça me donne mal au cœur. Elle bat des paupières. Rarement je sais à quoi elle pense. À l'enfant qu'elle fut, à sa sœur disparue, la femme folle de son corps qui vit sur la côte d'Azur ou à Las Vegas, une inconnue. Aux élèves innombrables qu'elle a eus, est-ce que je sais, des gens effacés, à son mari mon oncle. Elle ne sort plus son album de photos, dieu merci. Quelquefois ses yeux font une brève embardée, rien, elle bat des paupières. La fenêtre est un tableau fond de jardin où rien n'advient. Les rues, la ville, le monde ont fini de bouger pour elle, plus un cri. Parfois un grondement d'avion, convoi de camions, elle lève le doigt, tu entends ? J'écoute, je suis là pour ça, ma tante. Elle me dit, sur le ton de la confidence :

– J'ai l'impression qu'il manque quelque chose.

– Ici, dans la salle à manger ?

Pas dehors, idiot, dehors il ne manque rien. Elle n'a plus pour ailleurs aucun souci. Derrière la vitre rien ne signale une arrivée, un départ, un nuage, une bête. Dehors est inhabité. Le manque est dedans, ténu, obsédant. Cet effort pour comprendre. Jamais plus elle ne demande de nouvelles de Joël. Elle vérifie seulement la place des choses, mentalement court de sa casserole à la tasse de thé, dans le sillage il y a des paysages, peut-être de Grèce, une vue d'ensemble brûlée, un halo noir au centre, aucun nom n'affecte aucun détail, article ou objet. Son œil voit le manque, ici ou là, de quelque chose, une anomalie. Elle croit se réveiller d'un rêve, mais elle ne dort pas. Qu'as-tu à rester mains mortes sur les genoux, plus lasse au réveil qu'avant la nuit ; avant même d'avoir bu ton café, lavé ta figure, déjà fatiguée des objets utilitaires sans utilité, des objets comestibles étrangers à ta faim, faisant effort dès le matin pour inspecter la vue dévastée, pour y trouver, dans les décombres, la seule chose au monde qui serait sauvée, et qui manque tellement au recensement.

Elle regarde surtout le mur à gauche de la commode, à hauteur du miroir, la place vide du papier peint. Elle dit : c'est là, cette place vide. Nul doute qu'elle fut occupée, je me penche, je suis là pour ça.

On dirait que le papier peint présente, à cet endroit, une zone plus claire. Est-ce un reflet du miroir qui, captant la lumière incidente, renvoie de la pièce une image inversée, un peu plus pâle que la réalité, dont le voisinage contamine l'endroit ? Ou bien le reflet terne du jour sur le marbre de la commode dont l'ombre portée donne, par contraste, plus de clarté à cette place. Cet effort insensé pour comprendre. Avec moi elle examine la place, contente quand même d'avoir trouvé si précisément l'endroit où manque quelque chose, d'avoir localisé le déplacement, la disparition. Et que je sois d'accord.

– Tu as remarqué ?

– Peut-être, dis-je. Que manque-t-il, tante Emma, à cette place ?

– Il y avait, à cette place du mur, il me semble, une sorte d'image, non ?

Elle a peur, à présent. Une photographie, une carte postale ? Un petit tableau de peinture, d'aquarelle, un dessin à l'encre, une sorte de ville, ou de campagne, un visage ? Je ne me souviens pas qu'il y eût quelque chose là, elle s'impatiente. Il manque au compte cette chose qui n'a pas de nom, qui fait que manquent aussi l'épaule et le front, le genou écorché et qui fait chercher sous la commode où est passée l'épingle, le lacet, et, la tête posée sur l'oreiller, sans sommeil, serrant tes mains désaffectées pour qu'une ne perde pas l'autre, comme tu perds la colère, l'espoir et la surprise de l'instant d'après, comme se perd cette place où tu poses chaque jour l'assiette, le verre et le couteau, sans savoir quel geste d'avant appelle l'assiette, le verre et le couteau, ni entre la commode et le miroir quelle image appelle cette place assiégée de lumière. Ou peut-être que si, quelquefois quelque chose revient, ce désir soudain de sortir de la penderie, fébrile, la petite robe jaune à étoiles rouges que tu portais en Grèce, de retrouver celle qui descendait, dansante, l'escalier en sandales d'été, avec entre ses seins prudes la chaîne d'or de son mariage. Chaque geste, chaque objet avait son ombre. Voici qu'on sonne, ce sont les deux élèves, elles entrent en coup de vent, ces évaporées. Elles font voler leurs vestes, leurs foulards, elle n'ont ni renard argenté ni gants rouges, j'aurais bien aimé.

– On va fondre dans cette chaleur ! dit Julie.

– On devrait aérer, dit Cathy.

Comme chez elle. Elles m'embrassent, pourquoi pas, des bulles en l'air. Elles ont des mains habiles à toucher, à soupeser, des yeux attentifs aux formes, aux volumes, elles ont des yeux de filles averties. Tante Emma n'a qu'elles pour voisines, célibataires employées de bureau, elles supportent sa chaleur, ses lubies, sa boîte de biscuits, elles remplissent ses papiers de sécurité sociale, elles font les courses, de quoi se plaint-on. C'est que, me dit Emma, ça m'économise une aide-ménagère, elles étaient très bonnes en dictée, tu sais. Je me demande ce qu'elles font le dimanche avec une vieille, à leur âge, au lieu de courir les garçons.

– Figurez-vous que nous vous attendions, dit ma tante, aux petits soins, toute remuée.

– Nous ne faisons que passer, vous avez de la visite, pour une fois. Elle ne voit personne (personne, c'est moi, je suppose). Il faudrait qu'elle sorte, qu'elle prenne un peu l'air, à la campagne, avec nous, on a notre voiture.

À la campagne, pourquoi pas à la foire du Trône, à Eurodisney aussi. Je les regarde de travers, ces filles sont jolies, plutôt sexy, elles sont parfumées et maquillées, elles ont du rose aux ongles, en jean et baskets trop compensés. Si elles ont une voiture ensemble à présent, je me demande, pourquoi pas un appartement, et un compte en banque, et les mêmes vues sur ma tante.

– Le thé est prêt, dit Emma, pour couper court. Installez-vous. Juste une minute.

Elle file à la cuisine enflammer son allumette, compter ses cuillères de thé. Ses mains tremblent loin l'une de l'autre, s'agrippent l'une à l'autre pour ne pas se perdre. Entre ses mains il manque un ballon confisqué par la guerre, ou alors toute une famille, exterminée, il manque un homme, un enfant. Ça fait beaucoup de monde. Il manque une lettre brève qui donnerait des nouvelles. La vie fuit du côté inhabité. Emma met tout sens dessus dessous pour retrouver une épingle, elle perd la tête.

Nous trois, visiteurs, attendons à la table la théière et les sablés nantais, nous nous regardons, animalement. Plus je regarde ces filles, plus elles m'excitent, je demande : où avez-vous laissé vos gants ? Galants ? Elles pouffent, échangent un coup d'œil. Elles ont compris ou j'ai dit galants, au lieu de gants. Et vous ça va ? riposte Cathy. On vous offre un verre, dit Julie. D'accord, je dis, après on ira à la campagne. Emma revient avec la théière et les serviettes brodées. Qu'elle nous distribue, voilà la dînette. Je mastique un sablé à pleines mâchoires. La place fait un plus grand trou, on dirait qu'il s'est éclairci en son absence, juste entre la tête des deux filles. Maintenant, elle ne voit plus que ça. Cet effort pour entendre, ne rien entendre, ne pas perdre de vue la place dans le mur, et rester polie quand même, affable, pour qu'elles reviennent, qu'elles soient gentilles. Moi, elle est tranquille : c'est personne, un dimanche sur deux. Les évaporées chuchotent une histoire entre elles qui tourne au vinaigre, une affaire de monnaie à laquelle il manque l'appoint.

– Là, coupe Emma qui n'y tient plus, vous savez ce qu'il y avait ? Vous vous souvenez ?

Elle a pris l'air finaud de qui fait des farces. Les deux se retournent ensemble pour voir vers où pointe le doigt. Elles feignent la bonne volonté.

– Où ça ?

– Là, à côté du miroir.

Elles se consultent du regard, brièvement, tordent le cou et pouffent, les garces.

– On vous a encore changé quelque chose de place ?

– Quelque chose a changé, vous croyez ? demande Emma, alarmée.

– Sûrement, dis-je. Moi-même je l'ai remarqué.

– Une photo de famille ?

– Mais non, dis-je, les photos sont dans l'album. Allez, un petit effort.

– Un tableau, un paysage marin. Des Bretonnes sur la falaise (elle guigne la boîte de sablés).

– Elvis Presley en Rolls Royce. Le calendrier des Postes.

Elles rigolent, elles disent n'importe quoi. Naufrage. Falaise. Postes. L'autre n'a plus de mains pour se couvrir les yeux, cacher son visage. Qu'on l'empoigne par les cheveux, qu'on la traîne sur le ventre, la boue dans la bouche. Elles se moquent d'elle. Jamais eu de Bretonnes, de Rolls Royce. Pour qui elles la prennent, je vais les foutre dehors, ces ordures.

– Je donne ma langue au chat, rigole Cathy.

– Moi la mienne à ta chatte, dis-je le regard fixe.

– Oh, dit Julie en suçant un sablé, l'œil allumé.

– Bon, on se tire, dit Cathy, malmenant ses mèches.

– Mais non, dit Emma, affairée, encore un peu de thé.

Elles sont parties, bon vent. Ces visites laissent du désordre, des miettes, tasses froides et linge froissé. Ma tante a son masque de vieille en carton bouilli, elle est fatiguée. Sa tête lui pèse, elle la pose sur la table. Il est temps que je m'en aille, moi aussi, l'heure est finie. À dimanche. Son regard perce le mur, à la place où quelque chose manque. Un trou minuscule, le trou d'un clou perdu, on l'avait entre les dents en bricolant, en riant, soudain il est tombé. Elle va le chercher sous la nappe, sous la commode ou la machine à coudre, toute la soirée.

Dehors je cherche les filles, on ne sait jamais, mais la rue est vide, elles ont déguerpi. Dommage, j'allais les entreprendre. Quoique la maison d'en face me fasse des grimaces, maudite maison, je n'attends pas mon reste. Je file sous la pluie. Ces visites me dépriment. Je devrais adopter ma tante, la veiller, la garder d'elle-même, lui rendre la monnaie de sa pièce, elle n'a pas hésité une seconde sur le seuil de la colonie, sait-on à quoi on s'engage. Mon cousin Joël perce la forêt pour une firme pétrolière en Amazonie, ou en Birmanie, au diable si ça lui chante. Il fait virer des mandats, c'est déjà pas mal, au moins on sait qu'il n'est pas mort ; ce qui ne signifie pas pour autant qu'il est vivant. Il a avec sa mère un contentieux, qui ne me regarde pas, même si je me doute. Maintenant tante Emma a un ballon à la place de la tête, qu'y puis-je ? Lui rendre visite un dimanche sur deux, elle a une douche moderne et deux petites garces pour voisines. Je suis sûr qu'elles ne viennent pas uniquement par reconnaissance d'avoir appris l'orthographe. J'espère qu'elles lui font plus de bien que de mal, je l'espère. Il vaut mieux supposer. Je suppose aussi qu'il vaut mieux perdre la tête qu'avoir des souvenirs. Encore qu'en période transitoire quelque chose vous manque, le souvenir des souvenirs disparus. À quoi se résume l'histoire : vous êtes enfant, en socquettes et jupette au bord d'un trottoir, regardant passer les camions de la guerre, après c'est foutu. Il y aura un moment où sa tête sera vraiment vide, même du manque du souvenir du manque, elle aura juste besoin d'avoir chaud, avant le grand froid raide de sa concession.

Ce dimanche fut sinistre. Comme sur les remparts d'Elseneur le froid est vif, et j'ai le cœur transi. Je frissonne, j'ai mal au cœur. Les huîtres de mon beau-père passent mal avec la biscuiterie nantaise. Je rentre en vitesse, j'ai du lait sur le feu, à cause d'István. Et si j'allais le trouver toujours endormi ? Ce sommeil profond où je l'ai laissé tout d'un coup m'inquiète pour de bon. Il dormait sur le ventre, bras écartés, comme à la sieste l'été, ou alors avez-vous vu un noyé ? Son homme nocturne du Mantova était un malentendu. Un de ceux qui vont dans les villes, en service commandé, avec protection rapprochée. Nul doute qu'István s'est trompé. L'homme en loden à exécuter n'est sûrement pas celui qu'il croit, c'est un leurre. Mais celui-ci lui a donné derrière la tête un véridique coup à tuer un lapin. Sur les quais je suis témoin. Au moins moi je n'ai pas rêvé, je n'ai pas pris l'un pour l'autre, je les avais tous les deux dans mon angle de visée, de mon point de vue d'ange gardien j'ai assisté, j'ai plongé. Le sommeil d'István m'effraie. C'est qu'il y a des accidentés de la route qui se relèvent des carcasses, ils remplissent le constat amiable, font la causette et partent dîner, ils s'effondrent soudain d'un sale dégât interne à effet retard. Je n'avais que des onguents de première nécessité à passer sur sa bosse, et des somnifères pour calmer sa migraine, quelle inconséquence, quelle légèreté, et lui me fait confiance. Ce fou se fie à mes mains d'apprenti-sorcier, de dangereux rebouteux insomniaque, ce fanatique croit que je lui fais du bien en lui passant les mains sur la nuque comme un magnétiseur quand il a au moins un œdème sous-dural, une fracture du crâne, des vertèbres brisées, épanchement, hémorragie, paralysie, coma et tout ce qui s'ensuit, dire qu'on est rentré en autobus.

Je suis blême, je tombe assis sur le banc mouillé de ce square, à deux pas de chez moi, j'ai des sueurs froides, et les arbres d'automne sont raides de pluie dans la brume. István est mort tout seul sur le lit de la chambre d'amis, d'un grave dégât à effet retard, voilà ce que je pense. Je suis insensé, un coup pareil sur la nuque. Moi je sais très bien comment on tue les lapins. Mon père avait le geste preste pour les estourbir à la nuque, juste un craquement sec, et pour les saigner d'une entaille à l'aorte. Le sang pissait dans l'assiette, éclaboussait ses chaussures et il incisait illico la peau au sternum pour les déshabiller encore chauds, c'est plus facile que quand ils sont froids, la peau tirée à l'envers de haut en bas. Il disait qu'il leur taillait leur petit costume, manches courtes et jambes de pantalon en soie, en nacre de peau bleue fumante, veinée de rose, violine, sépia, bordée de fourrure aux poignets, cette fois ils avaient l'air tout nus comme des fœtus, des prématurés qui n'auraient pas dû naître avec leur tête de cadavre inachevé, des yeux bleus énormes sans paupières, puis il ouvrait l'abdomen, au fil du couteau, les boyaux tombaient d'eux-mêmes dans l'herbe, bleu sombre violet qui sentait la merde, je dégueulais à côté. Il me disait : touche idiot, ça mord pas, le lapin vide tressautait encore qu'il sectionnait le bout de ses pattes velues et m'en lançait une : tiens, ça porte bonheur. Le grand-père d'István faisait de même dans la cour, même technique éprouvée, ils faisaient mic mic mic, selon lui, moi je n'ai rien entendu, mais je me souviens que je ne mangeais jamais de lapin, malgré les claques de mon père. Depuis je m'y suis mis, on se blinde, Odile. Il y a des manières intelligentes et belles d'inventer des atrocités, depuis les magdaléniens les hommes ont appris à se déshabiller les uns les autres avec prestance, efficacité, avec art. Je suis un criminel ignare, un expérimentateur de bazar avec mes onguents de première nécessité, de plus j'ai soumis sans pitié mon ami à un interrogatoire odieux, à une fouille infâme de son intimité vestimentaire et imaginaire, j'ai mis en doute sa loyauté, sa fidélité, je l'ai même soupçonné de photographier Odile en posture acrobatique, je suis une ordure.

Mon poil se hérisse et soudain je me sens nu, nu comme jamais nu. Ce n'est pas un rêve, je suis nu. Couvrez-moi, sauvez-moi, c'est insupportable. Cette lumière intense, absolue, me traverse, m'irradie, pas un seul atome de moi qui ne soit visible, pas une ombre. Je n'ai plus conscience de mes limites, de mes surfaces et je ne suis plus ni vivant ni mort, flottant dans des limbes de membranes froides, au secours. Je suis prêt à baiser de mes lèvres avides, à aimer, à absoudre n'importe qui se pencherait sur moi, son oreille à ma bouche, pour entendre le cri inarticulé de mon effroi, de mon abdication, parce que oui, j'ai voulu, de toute mon âme, de tout mon corps peureux, la mort de mon père, dans la chambre d'hôtel de la mer du Nord. Dans le sable ensommeillé du lit, dans la clarté rose et grise du petit matin, comme dans celle du roi d'Elseneur, j'ai versé à l'oreille de mon père le poison mortel, la liqueur lépreuse ; aussitôt son corps, tel celui de Lazare, s'est couvert d'écorce dartreuse, squame immonde. Dans la chambre d'hôtel de la mer du Nord, je l'ai mis à mort, car il y a des pensées justes, illuminantes, qui valent pour des actes. Je l'ai voulu, en un instant de lucidité abstraite, sans le temps d'un calcul, à la vitesse de la lumière, avec cette exactitude de la pensée vraie qui est au fond de nos cœurs, de la liberté absolue de vouloir ou de ne pas vouloir. Cette clarté pue le cadavre, elle humilie et corrompt et les dieux nous voient nus, transparents, sans une zone d'ombre. Ils ont le temps, dans leur oisiveté distraite, d'entendre le vœu, d'en faire aussitôt une image, d'exaucer sans retard la pensée de l'enfant barbare, comme celle du prince de Mycènes. Avec leur gaieté cruelle, ils mettent en marche le ressort qui pousse le travailleur manuel des Sucrières du Nord vers les vagues de la plage, au petit matin. Il marche le long de l'eau grise brassée d'embruns qui avance et recule sans fin sur le sable et l'écume, qui mouille ses pieds nus aux cornes jaunes, le bas de son pyjama rayé gris-bleu gris-vert et colle ses poils à ses chevilles maigres. Alors, quoi qu'il pense, quelle que soit dans son pauvre cerveau d'analphabète la distance des réalités aux philosophies de l'existence, du rêve à la mémoire, des causes aux effets, il n'est qu'une créature ignare et sans âge, sans excuse d'avoir été ceci ou cela, sans capital d'humanité entre les mains des dieux ironiques, il est déjà le jouet irradié, calcifié, de leur puissance.

Mais non, il n'y a pas de dieux pour excuse, nous sommes seuls. L'essence de la tragédie, tante Emma, est un beau conte pour nous sauver du désespoir, nous faire croire que, de temps à autre, notre épouvante s'apaise. Je n'ai aucun espoir, je me suicide en cette inanité originelle comme s'est suicidé mon père, pour un rien contre un rien. J'ai seulement peur et ma peur est petite, je la garde. Car il a marché un certain temps le long de la plage, puis il a brusquement obliqué droit vers la mer, avancé pas à pas dans l'eau, vers rien, il n'y a pas d'horizon à cet espace en voie de disparition, les choses sont proches et lointaines, sans consistance ni permanence, inachevées et neigeuses, autant se fondre en elles comme un point qui s'amenuise, se dissémine et disparaît dans le fourmillement continu du monde. Nous n'avons pas d'autre lieu où nous puissions être, au présent, et cela jusqu'à épuisement.

Mais si mon ami István est mort, à présent je suis perdu, moi qui n'ai que lui pour me reconnaître en lui, pour me ressembler un peu, m'adopter comme un frère. Pour croire en mon histoire et en la sienne, pour me séduire et me convaincre moi-même du récit de nos vies, pour m'inspirer un peu de désir, l'envie d'empoigner les fesses d'Odile, d'interroger passionnément son sexe ou son âme, c'est la même chose, l'envie d'observer encore à la jumelle l'invasion foisonnante du lierre sur les murs et les accidents pittoresques du paysage, d'en déceler à temps les anomalies, de chercher, non la clarté qui nous aveugle et nous détruit, elle est totalitaire, mais la lueur inquiète, humble et clignotante, la lueur de compassion et d'amour qui sauve notre obscurité. Si j'ai perdu István c'est que j'ai pensé sa mort. De mon cerveau malade au sien s'est transmise la tumeur immonde de la mort, comme du cerveau malade du Pr. Tetmajer s'est transmise à celui de son grand-père la tumeur qu'il avait dans la tête, car si je n'ai pas d'espoir j'ai de la foi. Je crois en notre pouvoir d'établir entre nous, damnés de la terre, des liens inaliénables d'intimité humaine. Les prêtres ni la psychanalyse ni la biologie ne disséqueront cette énigme, ni les scanners, les ordinateurs ni les tortionnaires ne sauront jamais comment, ni où, sont disséminés les ferments explosifs de liberté, prompts comme une pensée d'amour, qui nous font choisir, vouloir et agir ou non, nous rencontrer en nos semblables. Je suis cette question inconsolable et inappropriée de l'amour et ma foi a failli. István j'ai besoin de toi pour être moi et je suis prêt à fausser la suite de l'histoire, à imaginer n'importe quoi pour récuser la mort, lui disputer ta mort (comme est clémente notre imagination, comme elle est éclairante, István, miséricordieuse et secourable).

Ainsi, je me précipite chez moi, et je trouve miraculeusement mon István vivant dans la cuisine, attablé devant une tasse de café.

Cela sent le pain grillé, cela sent la cigarette, cela sent la réalité. Il est plus de cinq heures, le soir tombe, cependant il n'a pas allumé la lampe, le cher homme, l'obscurité envahit ce décor domestique, le four à micro-ondes, le frigo, les placards et la table de la cuisine où il est accoudé, encore un peu ensommeillé, le cheveu en bataille. Je me retiens de l'empoigner pour vérifier qu'il est bien vivant, on ne va pas recommencer les embrassades emphatiques, un peu de retenue. Je suis tellement content qu'il ait apprivoisé le grille-pain récalcitrant, et trouvé de la confiture, et du beurre et du miel, et qu'il ait mis des miettes partout, que les larmes me montent aux yeux, mon bonheur est extrême. Il a aussi suspendu, à un fil de fortune tendu entre l'évier et le loquet de la fenêtre, tous ses papiers d'identité pour les mettre à sécher, il a même trouvé des pinces à linge, quel homme astucieux, il connaît toutes les ficelles. Dans la petite lessive des papiers en farandole s'expose et se résume mon ami, j'en ai le frisson. En s'étirant il m'accueille, en bâillant à gorge déployée, en riant, je vois toutes ses dents. Ne ris pas, István, je vois ton squelette.

– Te voilà, je commençais juste à me demander où tu étais passé, j'allais m'inquiéter.

Qu'un ami véritable est une douce chose, il s'inquiète d'un songe, d'un soupçon il s'alarme, pour vous garder il s'arme.

– Je viens juste de me réveiller, me dit-il, je crois que j'ai dormi comme un mort.

– Comme un sourd, dis-je, ulcéré, on dit dormir comme un sourd, ou une souche, ou encore comme un loir. On dit : dormir comme un bienheureux. Comment vas-tu, et ta migraine ?

Il se frotte la nuque, tâte l'endroit.

– On dirait que c'est passé, j'ai le crâne solide.

– Tu pourrais peut-être consulter un docteur, passer une radio, vérifier. On ne sait jamais.

– Pourquoi pas un scanner ? Il rit, l'innocent.

Je m'attable, je bois du café avec lui. Rien n'est plus réjouissant, apaisant, rien n'est plus délectable que de boire un bon café, tranquille, avec son meilleur ami sur une table de cuisine tangible, de beurrer des tartines indubitablement grillées et d'y croquer dedans avec un appétit de bon vivant, et même si la biscuiterie nantaise et les huîtres de mon beau-père font un drôle de mélange, je suis prêt à tout pour éprouver la réalité multicolore, odoriférante de l'instant, pour saisir l'occasion d'être atteint par elle, pour y trouver matière et m'y absorber, même si c'est une activité littéraire suspecte de décréter qu'elle est bonne à prendre. Selon Odile.

Tout en tartinant et buvant, je raconte à István mon dimanche après-midi en famille, ma tante et ses garces de voisines, sa tête comme un ballon, le souci que je me fais de la voir en cet état de chaleur excessive et de manque chronique, et aussi le déjeuner avec mon beau-père, mais seulement pour tailler une bavette, pour produire ce doux bruit des bavardages bénins qui gagnent ou perdent du temps, avec les mots faciles qui ne coûtent pas cher. Je parle pour m'étourdir, pour éloigner de moi les spectres du square empli de brume et conjurer la raideur froide des arbres effeuillés de l'automne, même ceux des villes imitent la tristesse naturelle des saisons, je déteste la campagne. Il me semble toujours qu'on y écorche un lapin, à la chasse ou au fond d'un jardin et, dis-je, étourdiment, parce que se laisser aller aux collations dominicales et aux bavardages affaiblit la prudence, tente les confidences, parce que István a l'air confiant, alangui et disposé à perdre son temps (peut-être aussi à cause du grand couteau dont on écorche les lapins l'hiver à la campagne), il faut que je te raconte, dis-je, une histoire qui m'est arrivée peu de temps après que tu es reparti, *l'an dernier à la même époque*. Cela me rappelle, soit dit en passant, qu'une question me taraude au sujet de ton grand-père (chaque fois que tu arrives j'y pense, et puis j'oublie), cette fois-ci je ne te laisserai pas repartir sans l'élucider.

C'était un samedi matin, début octobre, la pluie n'avait pas cessé depuis la veille. Il tombait du ciel bas la pluie froide et oblique qui arrache aux arbres les premières feuilles, un brusque changement de temps dont on sait qu'il met fin aux beaux jours, qu'il va falloir ressortir les impers et les manteaux. Les gens, sous la pluie, reprennent leur allure d'hiver, on dirait qu'ils savent que c'est du sérieux cette fois, l'été est fini, leur pas s'allonge, ils rentrent les épaules, inclinent les parapluies et foncent vers les bouches du métro ou les Abribus, les entrées de magasins, plutôt que de flâner sur les trottoirs mouillés, j'aime les saisons en ville. Je ne sais où était Odile, en voyage, j'étais seul et grognon, j'ai opté moi aussi pour le métro, frileux, je suis allé aux Galeries Lafayette. J'avais envie de m'acheter un pull, ou des chaussures confortables, ou encore autre chose, un objet tentant, plaisant et consolateur, dont je n'avais pas besoin, j'avais juste envie de dépenser de l'argent, les femmes ne sont pas seules à avoir des accès de frivolité, moi aussi j'en ai. Pour me payer d'un effort, d'une frustration ou d'une déception, pour tricher avec la peur de perdre la chaleur ou l'amour, parce que je suis contrarié, pour jouer, à quoi sert l'argent quand on n'a pas faim.

L'accès du métro est direct au sous-sol du magasin, qui est occupé par les rayons d'électroménager, ustensiles de cuisine, vaisselle de marque et robes de mariée. Il y a même un service « Listes de mariage », genre salon de réception où les jeunes gens viennent faire leur choix conjugal de cadeaux utiles et futiles. Il y a de fabuleuses machines aux carrosseries en inox et cuivre, et plastique de luxe ou vannerie rustique, tout ce qu'il faut pour essorer, conserver, broyer, hacher, repasser, mijoter, aspirer, la porcelaine et le cristal des beaux couverts, tout ce qu'une maison idéale réclame de robots spécialisés obéissant à l'impulsion digitale moderne de la fée du logis, exposés à portée de main avec mode d'emploi, cela me donne souvent la jubilation passéiste et antiféministe de flirter avec les vieux impératifs d'ordre domestique, bienvenue dans le rêve mortifiant, tant du point de vue sexuel que moral. On n'est pas obligé de traîner au sous-sol des Galeries Lafayette, mais moi j'y traînais ce jour-là. Peut-être à cause de la saison, qui réclame des compensations imaginaires. Il y avait encore peu de monde dans les rayons, moins d'acheteuses que d'employées, elles prenaient juste leur poste, sans conviction, chacune encore en pensée dans son chez-soi ou dans son RER, pas encore arrimée à sa tâche de vendeuse, l'ambiance avait du flottement et les visages s'éparpillaient sans fixation commerciale précise. J'examinais en dilettante un superbe grille-pain au design italien, quand j'ai reconnu cette fille.

En réalité, je ne l'ai pas reconnue tout de suite, sinon j'aurais pris mes jambes à mon cou. Mon attention a d'abord été attirée par son immobilité bizarre. Elle me tournait le dos, encadrée entre une colonne et un coin de mur. Il n'y a rien d'insolite en soi à être arrêté devant un rayon et à examiner des articles, ce sont plutôt les gens qui courent qui sont l'exception, et parmi ceux qui flânent sans véritable intention d'acheter, ce qui était mon cas, les vendeuses savent très bien repérer ceux qu'il faut harponner et encourager ou laisser tomber. Dans mon champ de vision, il y avait bien sept ou huit silhouettes arrêtées ci ou là, à qui les vendeuses fichaient la paix. Mais celle-là avait une attitude qui a dû alerter mon attention. Cette sorte de signal discret enregistré du coin de l'œil, traité à la vitesse de la lumière par le cerveau endormi, qui vous arrache à la distraction, vous met sur vos gardes, avant même que vous ayez compris ce qui se passe.

Elle me tournait le dos, elle ne bougeait pas. Je me suis mis à l'observer. La femme portait un mantelet de fourrure et un élégant foulard de soie jeté sur l'épaule, ses cheveux étaient coupés au carré avec une nuque en biseau et cet impeccable balayage de mèches blondes qu'on réussit dans les salons de prix. Malgré l'heure matinale celle-là était venue s'installer dans l'arrière-plan de mon champ visuel personnel, déranger ma convoitise saisonnière de grille-pain italien, et maintenant je ne la quittais plus des yeux. Elle continuait à ne pas bouger du tout.

C'est sans doute cette totale immobilité qui avait dû me la signaler. On l'aurait crue abîmée dans la contemplation mystique de quelque vision, paralysée par une intense réflexion, ou encore occupée à une captivante et clandestine activité, peut-être était-elle en train de jeter un sort, de faire un vœu, de prier, ou bien alors, de voler. Mais, pour une voleuse, elle était vraiment inexpérimentée. Chaque seconde la mettait davantage en danger tant elle s'y prenait mal, tant sa posture suspecte la dénonçait. J'en étais à songer à la richesse d'expressivité d'un dos et d'une nuque, dont savent si bien jouer les grands acteurs, quand elle a fléchi soudain. Elle s'est affaissée comme si elle expirait un air longtemps retenu, elle a reculé et s'est éloignée et, sortant de mon champ visuel, elle a libéré la partie d'étalage qu'elle me cachait jusqu'alors. J'ai vu ce qu'elle contemplait avec une telle intensité : dans le rayon de la coutellerie, une rangée de couteaux de dépeçage, coutelas à gibier, de boucherie ou de chasse, je ne sais. Des couteaux immenses, de ceux que brandit Norman Bates dans la cave, à trop grande lame, impossible à tenir, un couteau qui a dans nos rêves la méchanceté, la cruauté et le ravissement des actes sexuels.

Je me suis mis à la suivre, troublé de son désir de couteau, de sa silhouette élégante et gauche à la fois, et parce que j'avais envie de dépense, de payer avec de l'argent quelque chose qui me fasse du bien, me fasse jouir, j'ai eu envie d'elle. Elle me tentait, j'avais envie de sa nuque impeccable, de ses jambes en bas noirs et de son envie de couteau. Je l'ai suivie dans les rayons où elle marchait maintenant plus vite, sans rien regarder, plutôt au hasard, d'ailleurs elle n'a pas traîné longtemps, elle s'est dirigée résolument vers la sortie. Je me suis dit si elle prend le métro, je laisse tomber. Si elle sort dans la rue, je la file. Comme ça, pour jouer, pour m'exciter et me faire marcher. Elle a monté l'escalier, nous étions sur le boulevard. Elle a encore un peu léché les vitrines, puis elle a ouvert son parapluie et elle a attendu au bord du trottoir le passage au vert. Alors j'étais tout près d'elle, au point que je pouvais voir la peau pâle de sa nuque dégagée par le col, à l'ombre transparente que font les parapluies, les petits cheveux raides rasés par le coiffeur, et effleurer sa fourrure, sentir son parfum tiède, citron et gardénia, un parfum d'été. Elle a tourné la tête vers moi, aux trois quarts à peine, peut-être m'a-t-elle vu du coin de l'œil, c'est possible, moi je n'avais pas encore vu son visage, et j'ai reçu un coup au cœur, au ventre, comme si son couteau m'était rentré dedans, parce que cette fille m'était connue.

J'ai su tout de suite que c'était la fille de la maison d'en face. Je dois te dire que j'ai failli m'enfuir. Elle m'a fait peur. Si j'avais tourné le dos, tout était fini, je l'aurais perdue. Je ne sais comment je suis resté quand même, l'ai regardée traverser, s'éloigner, chaque seconde je me disais à moi : va-t'en, à elle : fous le camp, parce que non, c'était trop fort, je n'en voulais pas. Mais c'était trop tard, une fois sur le trottoir d'en face elle s'est retournée, et comme le feu repassait au rouge, elle a attendu en me regardant. De loin, je n'étais plus si sûr que ce soit elle, par-dessus les capots mouillés des voitures, les éclaboussures de pluie, je voyais son visage pointu du menton, son front large sous la frange, la barre de ses yeux noirs, qui m'étaient inconnus. Je me suis rassuré, l'envie d'elle m'a repris, et son regard me retenait malgré la distance, elle ne feignait pas de ne pas me voir, elle plantait tout droit ses yeux dans mes yeux mais comme si elle me traversait, comme si elle cherchait quelqu'un à travers moi. De loin j'étais dans son angle de visée, c'est moi qu'elle attendait.

Au feu suivant, on a hésité tous les deux en même temps, comment sait-on qu'un corps va basculer. Je croyais qu'elle allait retraverser, mais non, c'est moi qui ai basculé le premier vers elle. Aussitôt elle s'est retournée, elle a continué à marcher, elle est entrée dans un café. Une femme qui vous invite à la suivre est troublante plus qu'une autre qu'on drague, elle a une volonté sentimentale ou sexuelle de rencontre qui convainc, nous soulage de cette lourde charge de porter notre sexe dehors, de le démontrer. Elle est miséricordieuse et tolérante, rien que la gratitude qu'elle inspire vous séduit et vous tente, elle a du charme quels que soient ses appas et son parfum, elle a la liberté d'une volonté franche qui vous épargne d'avance. Même si cette fille fait des passes, me dis-je, elle a la bonté de me consoler de la saison, de ma solitude et de mon envie d'argent facile, elle mérite que je lui offre un verre. Je n'avais plus tellement envie de la sauter mais d'être gentil avec elle.

Je suis entré dans le café, elle était au zinc, elle avait commandé un cognac. Aussitôt elle m'a dit : bonjour, vous voulez boire quelque chose ? J'ai dit : un cognac, et je me suis approché, et, à nouveau, tout près d'elle, je l'ai reconnue. Alors qu'elle regardait devant elle le miroir du café, le garçon, le percolateur ou les bouteilles, de profil, elle se ressemblait, c'était insupportable. On aurait dit qu'elle faisait exprès de m'offrir son profil, de me faire souffrir, de me tenter et de me repousser, car d'elle non, je ne voulais pas. Encore cette fois j'ai failli m'enfuir, quitter le café sans demander mon reste, mais elle a tourné son visage vers moi, assez grave, et elle m'a souri. Je continuais à la reconnaître, mais pas aussi violemment, c'était seulement une vague ressemblance, un air flottant qui me rappelait le visage de la fille de la maison d'en face. Il y avait des années, c'était loin tout ça, elle était tellement plus jeune, je ne savais quoi dans son visage me rappelait la fille, son sourire en coin, mais pas vraiment, ou alors ses yeux sous la frange, noirs, soulignés au khôl avec grâce, ce blanc de l'œil plus profond qui se nacre et miroite, ou alors son menton étroit, étrangement pointu, mais c'était surtout son profil qui me glaçait. Je ne sais pas ce que j'aurais fait pour qu'elle ne détourne plus la tête, qu'elle garde son visage tourné vers moi de cette façon où elle ne se ressemblait pas tout à fait. J'ai vidé mon verre de cognac d'un trait, à dix heures du matin, c'est raide. Elle a payé, puis, toujours tournée vers moi, elle a baissé les paupières, elle m'a dit : vous venez. Ce n'était même pas une invitation, ni une question, plutôt une constatation.

Nous sommes sortis, sans dire un mot de plus. Elle avait pris mon bras et nous marchions sous son parapluie, comme d'anciens amis. Je me suis dit : donc je vais la sauter, nous allons faire l'amour. Tout à l'heure je contemplais avec convoitise un grille-pain italien, maintenant je me laisse embarquer, d'où sort cette fille et où allons-nous ? J'étais plus curieux de savoir ça que de la voir nue, et c'était elle qui me tenait le bras comme on se cramponne à une planche de salut, et une fois parti comment me défiler à présent, surtout qu'elle était tendre, un peu penchée vers mon épaule et sous son parapluie je sentais son parfum d'été, la tiédeur de sa fourrure. C'était très agréable, pas du tout vulgaire ni brutal. Je me suis dit c'est une givrée, une nymphomane, une folle de son corps comme dit ma tante Emma, qui court les hommes sur les foires ou dans les casinos, en tout cas dans les magasins des Galeries Lafayette, encore que le rayon de l'électroménager ne soit pas très indiqué mais on ne sait jamais, il faut sortir de temps en temps pour tâter le pouls du monde. Je me suis dit : je ne vais pas profiter, lâche, de sa lubie sexuelle. Bien sûr que si, je vais en profiter. Enfin j'étais indécis, j'en oubliais sa ressemblance terrible avec la fille de la maison d'en face, jusqu'à ce que nous entrions dans un hall d'hôtel assez chic, feutré, convenable. Pourtant elle n'avait pas l'air de connaître l'établissement, elle a eu l'air perdu, elle me laissait l'initiative, je me suis décidé.

Je peux te décrire ce qui s'est passé avec cette femme, les secrets de ma sexualité abstraite et concrète, tu n'apprendrais rien de très extraordinaire. Elle était gentille, complaisante comme une putain, idiote comme une scoute mais elle avait des préservatifs, pas moi, elle m'a dit : si vous voulez bien, s'il vous plaît. Je ne sais pas si ça me plaisait mais il valait mieux. Elle était maladroite et rusée, expérimentée, sagace, foutraque, indifférente, je ne peux pas dire perverse, plutôt dénaturée, indigne, tout en consentant elle attendait quelque chose d'autre que mon consentement, avec veulerie, avec bassesse, comme on mendie ou comme on commerce. Je me disais : elle attend de jouir, elle veut du plaisir. Il faut que je m'y prenne bien, il faut que je me démontre, que je lui en donne avant d'en prendre, par politesse, par convenance, ou par forfanterie, pour me mesurer, mais elle a joui deux fois assez vite, bravement, toute seule, sans s'occuper de moi, et elle attendait encore autre chose. Et tantôt je voyais son visage, tantôt son profil qui me rappelait la fille d'en face, qui me rendait fou, me donnait des envies de méchanceté. Je lui ai fait mal, avec tant de plaisir que je l'aurais battue. J'ai dû déchirer ou tordre et j'en aurais gémi d'humiliation, de honte, j'aurais demandé pardon à elle, mais pas à la fille d'en face, parce que j'étais tenaillé de peur et de plaisir, tantôt je la voyais de profil, tantôt je ne voyais plus que ses fesses, son dos fluide creusé, un peu velu aux reins, aux épaules larges, à la taille étroite, aux hanches évasées, quel beau violoncelle. Je ne voyais que sa croupe et rien de son buste, ni de sa tête, une femme décapitée, sans identité, dans laquelle je pouvais entrer, aller et venir sans payer, ni de ma personne ni de mon porte-monnaie. Quelle gratuité une chatte, un cul pareils, qu'on n'a rien fait pour mériter, ni galanterie, ni propos salaces, ni conversation brillante ou frôlements sensibles, sans perdre de temps, rien, je ne savais qu'en penser. Car tandis qu'elle jouissait de moi et moi d'elle je pensais froidement à moi-même, c'est étrange comme on peut être nu sans se sentir nu, comme on peut avoir du plaisir sans s'oublier. Je me disais tantôt : c'est une givrée ; tantôt : c'est la fille de la maison d'en face, ordure, et j'ai éjaculé hors d'elle cette fois, exaspéré. Pour finir, j'ai bien vu qu'elle attendait encore quelque chose, mais plus de mon corps ni du sien. Elle est allée dans la salle de bains, elle s'est lavée, parfumée, elle est ressortie comme je l'avais rencontrée. Moi je m'étais rhabillé en vitesse, je commençais à m'ennuyer, après le plaisir on se sent bizarre si on n'a rien à se raconter, rien à ajouter pour refaire passer de l'odeur, du sentiment ou du jeu, pour réveiller encore ici ou là, paresseusement, un frisson en retard.

Elle s'est assise sur le bord du lit, j'étais dans le fauteuil. Elle a croisé ses jambes et allumé une cigarette, elle m'a souri. Mais seul son sourire souriait, ses yeux étaient noirs et froids, indifférents, et comme las. Elle me regardait en face comme pas une fois encore, avec une tension si grande que j'ai battu des paupières, de peur atroce, parce que j'ai su que j'allais entendre, savoir, ce qu'il ne faut entendre ni savoir. Alors, me croiras-tu István, elle m'a raconté mon histoire avec elle. Sans me nommer, sans nommer les lieux, ni le quartier ni la grille, ni la plaque de cuivre, ni le grenier sous le toit, qui tient encore le coup, cette maison je la connais. Mais les détails qu'elle a donnés ne me laissaient aucun doute. Je ne me suis pas trompé, c'était la fille de la maison d'en face. Et plus elle parlait moins je la reconnaissais. Je cherchais dans ses traits le visage, le corps d'alors, la peau un peu grenue qu'elle avait aux cuisses, derrière le coude, ses cascades niaises de cheveux bouclés, de cheveux tressés avec des rubans, sa bouche en cerise mûre qui faisait des moues, qui riait aux éclats sur sa balançoire idiote en me pistant de l'autre côté de la rue, je cherchais ses dents aiguës, et je ne voyais rien, j'étais triste comme de la défection d'un vieil ennemi. Elle m'a raconté ce que j'ai fait d'elle dans cette maison où je suis entré une seule fois dans ma vie.

J'avais juste envie de la toucher, de tâter ses cheveux et sa peau comme j'avais tâté, longuement, les choses chez ces gens de la maison d'en face, où j'étais entré en leur absence comme un voleur, un chasseur, j'avais la douceur du loup. J'ai reniflé leur odeur de maison de riches, qui venait d'eux et les résumait, ces gens d'en face. J'étais en chasse avec une sensibilité aiguë, à fleur de peau, je touchais à ce mystère de leur chimie, de leur essence fade et lourde disséminée dans leur maison, sous les heurtoirs et les mascarons de façade. Cela me rendait dur et brûlant depuis si longtemps, allumait mes sens, j'avais besoin de sensations, István, et cette maison m'en donnait. Les portes cédaient, j'ai touché partout, de la porcelaine au cristal le ventre de vases, le galbe des accoudoirs, j'ai flairé leur linge dans les commodes, dans les penderies, les draps de leurs lits, je me suis brossé les dents avec leur brosse à dents, je me suis peigné avec leur peigne dans la salle de bains, j'ai eu envie de vomir. Non, c'était autre chose de plus précis, de plus profond que la nausée, j'avais une envie de chasse, d'écorcher quelqu'un et elle, quand je l'ai trouvée, je l'ai touchée comme le reste, avec le même dégoût et la même envie servile et basse. Elle avait peur. J'ai palpé ses seins sous ma paume, la forme qu'ils avaient sous la robe. Dans le grenier où elle s'était réfugiée elle s'est calmée, elle a pris ma main et l'a mise sur sa bouche, ses lèvres dans ma main, pour me domestiquer, me soumettre, mais cela m'a donné le frisson de chair exact, celui que je cherchais, alors j'ai pris sa bouche mouillée, toute salée et molle, elle sentait la maison mieux que leur linge de toilette, mieux que le reste, elle a résisté mais j'étais plus fort, je me suis mis sur elle et je lui ai fait mal. Je l'aurais bien tuée mais je manquais de précision. Je voulais aller le plus loin possible dans quelque chose de plus dur et de plus brûlant que moi, et j'y suis arrivé. On se trompe.

Ce n'est pas tout cela qu'elle m'a dit, cela moi seul le sais, c'est moi qui te le raconte. Elle m'a dit qu'elle me cherchait, en certains hommes parfois elle me reconnaissait, mais elle se trompait, ce n'était jamais moi. Comment êtes-vous sûre que ce n'est pas moi, ai-je demandé malgré le danger, elle a souri. Elle m'a dit, avec une sorte d'arrogance, de mépris : cela, je ne vous le dirai pas. Si c'était vous je n'aurais pas besoin de vous le dire. Elle était si suffisante, si catégorique, que je l'aurais giflée pour cette offense. Pourtant je n'avais pas besoin de la toucher, je la tenais, il me suffisait de lui dire : c'est moi. En quelques mots je l'aurais soumise et réduite à ma merci. Mais j'ai compris qu'elle me tenait plus encore : elle me disait que j'étais imaginaire, et cela me tentait plus que tout. Que ce que nous avions fait ensemble, à l'instant, et il y a longtemps, dans la maison de Montreuil, n'appartenait qu'à elle, pas à moi. Elle gardait hors de moi ce garçon effrayé et blême, la rigueur cruelle de ses rêves d'alors, sa haine d'alors, sa peur de n'exister nulle part, et il n'avait plus que la consistance d'un fantôme dans un paysage de sable. Elle me désignait et m'emportait avec elle, me confisquait le fantôme de moi-même, l'autre que je chasse, que je poursuis sans pouvoir le rejoindre ni le supprimer. Excusez-moi, m'a-t-elle dit pour finir, je vous ai pris pour quelqu'un, je vois bien que ce n'est pas vous. J'ai cru que c'était vous mais je me suis trompée. Vous ressemblez à quelqu'un que j'ai connu. Elle s'en excusait, vraiment désolée, un peu confuse et déçue de sa méprise, elle en avait assez de moi à présent, elle avait envie de s'en aller. Il aurait suffi d'un mot pour la retenir, pour la dessiller, et qu'elle me tue. Car cette femme me cherche dans la ville, elle rêve d'un couteau de boucher ou de chasse, qui lui fait me reconnaître parfois dans le visage d'hommes de rencontre, elle me garde.

Cependant sa méprise ne me sauve pas de moi-même parce que la maison est toujours là, comme une dent cariée, une dent pourrie, je dois passer devant chaque fois que je reviens chez ma tante, chez nous, cette maison me damne. Il y a des maisons qu'il faudrait abattre, raser de la surface du monde, et aussi leurs racines avariées. J'en ai tout exploré, de fond en comble, le salon, la cuisine, la buanderie, les chambres, c'est vide. C'est vieux, une vieille maison de vieux meubles, de vieux tapis, de vieux tableaux aux murs, pas de l'ancien, de la vieillerie, du vieux moderne et sans lustre. Ma main dangereuse et douce n'a rencontré que la méprise, car alors je croyais trouver la richesse, l'argent, le pouvoir, pauvre crétin. Dans mon imagination débile d'adolescent aux abois je prenais cette maison, cette fille, ce minable pavillon bourgeois fin de siècle et ces gens, pour de l'argent et du pouvoir. J'ignore encore aujourd'hui ce que sont argent et pouvoir, comment, et où, se dissémine leur force de corruption, comment à les convoiter ils avilissent et dégradent en nous le désir, le courage et le respect de soi. Nous nous sommes séparés sur le trottoir comme deux inconnus. Je ne me suis pas retourné, c'est comme si je l'avais rêvée, je l'ai oubliée. Je suis allé aussitôt dépenser de l'argent, acheter le grille-pain luxueux de marque italienne, des chaussures et un pantalon de flanelle anglaise, et même des boucles d'oreilles pour Odile. Je ne sais pourquoi je te raconte aujourd'hui cette histoire. Me crois-tu, István ?

István croque dans sa tartine beurrée, la vingtième au moins. Il va avoir mal au cœur, c'est trop à la fois, tout cela est lourd à digérer. Tout en mastiquant il réfléchit et dit :

– Ce n'est pas trop, j'ai bon estomac. Je te crois, Joseph. Je crois surtout en ton récit. Il me donne vue, j'ignore la vérité. N'y vois ni soupçon ni défiance, c'est que nous sommes plus forts que le monde. Le langage nous sauve de lui, opaque et vain.

– Le prix qu'on met aux choses ne nous assure de rien, le grille-pain est cassé. Il grille mais sans arrêt, il faut surveiller. Je sais pourquoi je te raconte ce soir cette histoire. Non pour te séduire, te convaincre, pour te charmer et que tu m'aimes, et même pas pour dire la vérité. Par ce récit, je veux me racheter, ou te payer, d'un affront que je t'ai fait en fouillant tes poches, en y trouvant des objets qui ne disent leur nom, leur identité ni leur origine, et cependant me tentent. Je les ai découverts dans un cas de force majeure, que j'ai certes provoqué en refusant de me soumettre à ton congé, en te suivant sur les quais. Tu serais mort à l'heure qu'il est, innocent, dans l'eau noire de tes illusions. Pour autant je n'avais pas la liberté d'interroger ton intimité imaginaire et vestimentaire, de m'assurer de ta personne comme un vulgaire inspecteur de police qui enquête sur les causes de la vie, de la mort. Les causes de la vie, de la mort sont obscures, le monde est opaque et vain, et il nous faut trouver les raisons de vivre et de mourir sans lui.

Ce dimanche d'hier, à la gare de l'Est avec mon beau-père et dans la maison de Montreuil avec ma tante Emma, est passé comme un mauvais rêve où j'allais, inquiet, d'un bout de ville à l'autre, dans la pluie et la brume, tandis que mon ami dormait, tandis qu'il était mort, et ressuscité, car sous la lampe il veille, il m'écoute, ou bien c'est un spectre, et de son sommeil, de sa mort je suis responsable ; et aussi de mon imagination, qui le garde vivant. C'est pourquoi maintenant ce lundi matin me semble bizarre. Midi est arrivé sans que j'aie réussi à travailler (ni même fait semblant), j'en suis toujours aux préparatifs.

Aujourd'hui, István avait des rendez-vous, des obligations, moi mon travail à l'Institut, sous haute surveillance. Ce matin, nous nous sommes quittés en vitesse après avoir déjeuné sans un mot, ensommeillés. Je n'ai même pas jeté un coup d'œil par la fenêtre pour contrôler mon jardin. Je me vante, il est collectif, je me contente de la vue. Les feuilles mortes s'entassent, elles comblent les ornières, nivellent l'allée, il faudra que quelqu'un se décide à la déblayer au râteau. Fasse un tas de ce fouillis de choses moches, mortes, qui encombrent la vue, elles noient les contours et dissolvent la forme propre et l'identité exacte des articles, des variétés et des corps, elles perturbent notre système perceptif et nos catégories visuelles. Il faudra en avoir le cœur net, dégager la réalité. C'est plus facile à dire qu'à faire. Les feuilles continuent de tomber, la mélancolie de l'automne est persistante, durable comme un mal de dent. Il faudra faire des feux de feuilles mortes, dès que la pluie cessera. Dès qu'Odile rentrera, ce qui ne saurait tarder.

Cette femme me manque, je ne me lasse pas d'elle. Je suis prêt à l'acheter, à lui graisser la patte, à la flatter et la corrompre pour qu'elle continue à lire dans mon jeu comme dans ses encyclopédies multilingues. Il faut que je la bouleverse et la surprenne avec doigté, avec art, sans cependant cabotiner, elle se méfie comme de la peste de l'emphase et des émotions, qui pourtant sont de grand secours, dont je suis amateur, au risque de me perdre. Il faut que je lui reste obscur et qu'elle voie quand même clair en moi, mais sans s'en vanter. Ni profiter, traîtresse, de l'avantage et du bénéfice d'avoir des hormones cycliques. Chacun de nos rapports sexuels stimule son hypophyse et ses ovaires, qui sécrètent de la testostérone, anxiolytique naturel, contre les mauvais coups progestatifs, ça lui donne le moral et bonne mine. Elle me l'a expliqué de son sourire magnétiseur, archangélique, avant de fondre sur moi comme un vautour biblique, il faut que je me mette dare-dare en état de flamboyer, d'étinceler, de partir en fusée au bon moment. Pour une si rude tâche, prodigue, dispendieuse, je n'ai que mes hormones stables et ma libido capricieuse, sans anxiolytique naturel pour compenser les pannes, c'est un combat inégal, je suis encore content si je ne l'ai pas offensée, elle est susceptible. Si je n'ai pas de concupiscence immédiate, elle se sent avilie et désobligée, elle me soupçonne de penser à une autre femme. Hélas aucune, Odile, aucune, cela me mortifie. À toutes je te préfère, tu es l'élue de mon cœur et de ma queue. Je ne le lui avoue pas, elle ne me croirait pas. Elle me dirait : faux cul, lèche-bottes, vil suborneur. À l'être je suis prêt, mais ce n'est pas le cas, et je ne le lui dirai pas, plutôt m'arracher la langue qu'avouer ma monomanie chronique de cette femme, je l'aime, cela me fatigue. Elle ne me croit pas, elle doute de moi, elle me teste et m'éprouve, elle me tourmente et me travaille au corps, elle me vainc, c'est ce que je veux. Soit dit en passant, pour une femme de quarante ans, elle en sait plus long que moi sur la jubilation sans remords de nos corps, l'imposture du péché et de la vertu, les macérations perverses du catholicisme de son père, sur qui elle a une théorie. Ses vertus, ses perversions personnelles sont expérimentales, elle me les applique, cette femme est incarnée. Et dire qu'elle daigne jeter un regard sur moi, quelle veine. Il faudrait que je me donne les moyens de ma chance, que je sois un vrai héros de film ou de roman pour être à sa hauteur de femme romanesque, pleine de charme, de beauté et de séduction, subtile, mystérieuse et rebelle, moderne et parfumée, cuisinière émérite, femme d'affaires intrépide ; de plus par chance elle a des défauts, elle est perfide, injuste, vulgaire à l'occasion, inconstante, pingre, elle est nerveuse, elle pleure éperdument, le nez comme une patate. Elle me manque, je suffoque.

Cette combinaison étanche et ce masque de sécurité sont des instruments de torture industrielle, j'étouffe, je m'insupporte. Je prends un après-midi de congé. Respirer l'air automnal de la ville, flairer son odeur urbaine me fera du bien. En fait, il pleuvait à verse, je suis vite entré trempé dans un cinéma, ils donnaient *Le Troisième Homme* dans une salle du quartier Mouffetard. J'ai souvent revu ce film. Je me suis endormi presque tout de suite, quand Joseph Cotten, au cimetière, voit la femme tourner son profil de trois quarts vers lui, son profil énigmatique et séduisant, son profil menaçant, il ne la connaît pas mais on sent qu'entre eux le destin est en marche. Je me suis endormi peut-être tout de suite après, quand il la double sans s'arrêter, il est en voiture sur l'allée du cimetière avec Trevor Howard, il va commencer la recherche de son ami Harry Lime qu'il ne croit pas mort. Justement celui-ci est vivant et malfaisant, malgré tout il est son ami, sa jeunesse. Alors il poursuit son ombre dans les rues nocturnes de Vienne, les parcs d'attractions et les égouts de la ville sinistrée par la guerre froide et les fantômes de l'expressionnisme allemand, mais je n'ai rien vu. Ni Orson Welles aux joues d'enfant criminel, adorable et troublant, ni sa mort fatale dans la fange de l'égout après la dernière chasse à l'homme, ni Anna dans la gare, elle ne veut pas partir, je ne sais plus pourquoi, par dépit, dignité, ou par fidélité.

Je ne me suis réveillé qu'à la fin, nous étions toujours dans l'allée du cimetière quand Joseph Cotten dit qu'il s'appelle Holly. Il dit : ce nom est absurde, par ironie et désespoir d'aimer un tel ami, de ne le retrouver que pour le tuer, de ne pas l'avoir sauvé, ou de ne savoir se sauver lui-même d'un tel amour.

Cette fois, il arrête la voiture militaire, tant pis il va rater son avion, parce que Anna marche toujours sur l'allée du cimetière avec la musique d'Anton Karas qui nous crève le cœur, et cette fois il descend. On croit qu'il va aller à sa rencontre, mais non, il s'écarte et s'adosse à une charrette funèbre au bord de l'allée et longtemps il attend. Il attend qu'elle vienne vers lui, et elle passe sans s'arrêter, les feuilles mortes tombent des arbres, c'est l'automne. C'est toujours l'automne dans ces cas-là, et c'est toujours difficile d'expliquer pourquoi un homme laisse passer devant lui une femme qu'il aime et qu'il n'aura pas, à laquelle il a déjà renoncé, pourquoi il veut quand même la voir passer devant lui, sans qu'elle tourne la tête. Sans lui donner un regard elle sort du champ, pour toujours, alors il allume une cigarette et souffle la fumée, tandis que tombent les feuilles mortes, sur cette allée vide. On comprend bien qu'il ne l'attendait pas vraiment, qu'il savait d'avance que c'était foutu, et que c'est son masochisme ironique et désespéré qui le plante là, qu'il est descendu de la Jeep uniquement pour faire une belle fin de film. On est tenté d'aimer cette grandeur, cette noblesse d'homme vaincu, de héros romantique qui va remporter en Amérique la blessure d'Europe centrale, la blessure de notre jeunesse inguérissable, cette blessure de l'âme qui vient de Vienne, de Prague ou de Budapest, et qui nous fait mal. Moi je ne veux pas être un héros déprimé, de film ou de roman. Même pour lui plaire et faire l'intéressant, je ne laisserai pas passer Odile devant moi sans l'arrêter, ni dans la réalité, ni dans l'imagination, ni mourir mon ami de jeunesse sur des quais nocturnes, fût-il malfaisant, je suis rentré chez moi en vitesse. Mais l'appartement vide, la cuisine seulette et la fenêtre coincée m'ont rendu encore plus triste, je suis monté chez Odile par l'escalier intérieur que nous avons inventé. Je suis allé dans sa chambre où sont son ordinateur, sa commode pleine de dessous de luxe, ses parfums et ses robes, je me suis couché sur son lit et le sommeil m'a repris tout de suite, à croire que j'avais du retard.

Je me suis réveillé à la nuit tombée, la lumière urbaine insomniaque du jardin filtrait à travers les rideaux et les vitres de la chambre, je n'ai même pas regardé ma montre dans l'obscurité, et soudain j'ai entendu vaguement quelqu'un fourgonner dans la cuisine au-dessous. J'ai pensé qu'István était rentré, mais j'étais encore ensommeillé et confit de paresse dans la tiédeur du couvre-pied odorant d'Odile, j'ai attendu un peu avant de descendre. Je me suis mis à écouter les bruits, à essayer de savoir ce qu'il faisait dans la maison en mon absence. Il me croyait absent, aucune raison pour qu'il monte chez Odile voir si j'y suis, encore moins si elle y est. Il avait mis en marche le grille-pain, je sentais l'odeur monter. Il faisait aussi du café, j'entendais les crachotements de vapeur et choquer de la vaisselle contre l'évier ou contre la table, fouiller dans le placard, ce menu bruitage réaliste qui reconstruit corps et espace pour une oreille aux aguets. En tout cas, il restait dans la cuisine, il ne fouillait pas dans mon bureau, dans le reste de l'appartement, à la recherche de choses secrètes, j'étais tranquille. Mais l'odeur de pain grillé est soudain devenue menaçante, il est en train de brûler, il va foutre le feu à mon grille-pain et à la maison. J'ai bondi du lit et j'ai descendu l'escalier en quatrième vitesse. Dans ma cuisine ce n'était pas István, c'était l'inspecteur Verlaine. Je l'ai tout de suite reconnu, il avait allumé la lampe. Je me suis précipité sur le grille-pain pour l'arrêter.

– Incendiaire, ai-je dit, vandale, et que faites-vous ici, de quel droit, c'est une effraction de mon domicile privé, avez-vous un mandat de perquisition, un mandat d'arrêt ?

Il est en bras de chemise, il a jeté ses affaires sur une chaise, il est installé chez moi comme chez lui, l'animal, quel culot, quelle impudence.

– Pas du tout. J'ai trouvé votre porte entrebâillée, j'ai sonné avant d'entrer, mais votre sonnette est cassée, de même que la minuterie, je vous le signale. Alors j'ai poussé la porte, j'ai pensé que vous étiez parti pas loin, faire une commission peut-être, je commençais à m'inquiéter.

– Vous êtes trop aimable, dis-je, arrachant les tartines calcinées.

– On ne sait jamais, un accident est vite arrivé. Avouez que cette porte entrebâillée était insolite. Et vous, pourquoi vous cachiez-vous ?

– Me cacher, dis-je, outré, je ne me cache pas chez moi, je dors. C'est peut-être mon droit de dormir chez moi.

– Mais pas de laisser votre porte entrebâillée, vous êtes imprudent, une porte doit être ouverte ou fermée.

– J'ai dû oublier en rentrant, m'excusé-je.

Ai-je pu oublier de refermer ma porte en rentrant. On a pourtant des gestes automatiques, sans faire attention, en toute occasion. Sauf quelquefois, quand se relâchent le programme, la vigilance et l'alerte ordinaires. De même qu'il y a des trous noirs, des gouffres du cortex, des scotomes mentaux, aurais-je une tumeur au cerveau ? Je me suis cru obligé d'ajouter, penaud, et contrarié d'être pris en flagrant délit :

– Je suis rentré très fatigué par ma journée de travail (ai-je menti), de plus troublé par un film que j'ai vu dix fois depuis ma jeunesse et qui pourtant m'émeut encore, je ne peux pas m'y faire, vous ne pouvez pas comprendre.

J'aurais dû me taire, j'avais l'air de me justifier avec mes commentaires.

– Mais si, je comprends, dit l'inspecteur, dans mes loisirs je suis cinéphile. Cependant je ne viens pas vous arrêter ni perquisitionner, je viens vous donner des nouvelles. Voulez-vous du café ? J'avais une petite faim, je me suis permis, en vous attendant, je n'ai rien trouvé d'autre. Pour tout dire, à cette heure-ci, je préfère un bourbon ou de la vodka.

– Qu'à cela ne tienne, dis-je.

Magnanime, je sors la vodka du frigo. Il n'en reste pas beaucoup, vu l'usage que nous en faisons depuis quelque temps.

– Vous voulez plutôt du bourbon ? J'en ai aussi.

– Ça ira comme ça, dit-il. Je ne vous dérange pas, au moins ?

– Pas le moins du monde, comme vous voyez.

Il n'a pas l'air accessible à ma colère, il s'installe à la table, l'air las. Il se sert une tasse de vodka, vide la bouteille.

– Normalement j'ai fini mon service, dit-il, normalement à l'heure qu'il est je devrais rentrer, mais d'une part personne ne m'attend chez moi, mon fiancé m'a quitté, c'est un homme tellement charmant, il me manque, je suis déprimé (sans vous ennuyer avec ma vie privée). D'autre part l'îlotage et le travail de proximité me rendent familier des affaires du quartier. On s'y attache plus que de raison, on rencontre les gens, on prend des habitudes et ça me distrait de mes soucis personnels, vous comprenez. Il y a une dimension sociale et humaine dans ce métier que beaucoup négligent. Qu'en pensez-vous ?

– J'en pense, dis-je, que vous êtes bien bon de faire le porte-à-porte en heures supplémentaires, de me porter les nouvelles. Quelles sont-elles ?

– C'est au sujet de votre voisine et de votre voisin. J'ai vu quelle attention vous portez au voisinage, j'ai pensé que ça vous intéresserait de connaître les derniers développements de cette affaire de mort soudaine, passée durant huit jours inaperçue à tous et qui a tant troublé ce coin de rue si paisible d'ordinaire. Les commerçants sont retournés, ce monsieur faisait partie des murs depuis des années. Ils connaissaient le bonhomme, au moins de vue. Il fréquentait le bistrot du coin, il y prenait un petit blanc, tous les midis, en rentrant du marché avec son cabas. Cela crée des liens de comptoir, de petites inimitiés comme des sympathies, justes ou infondées, allez savoir. Il fréquentait aussi la fleuriste, vous la connaissez ? Il lui achetait, tous les cinq du mois, une rose, une seule. Allez savoir pourquoi : il vivait seul, personne ne lui rendait visite, et pourquoi le cinq, un vrai mystère. Le fait est qu'à cette date fixe, la fleuriste lui préparait toujours sa rose à l'avance, il n'a pas manqué une seule fois. Et là le cinq de ce mois approche, il ne viendra plus chercher sa rose, elle en est bouleversée, j'ai dû la consoler.

Certes la réputation de ce monsieur est suspecte, savez-vous que pendant la guerre il a dû collaborer, et même aider la Milice, on le dit mais il faudrait vérifier, mener une enquête sérieuse au lieu de colporter la rumeur, de répéter des ragots qui, quelquefois, font beaucoup de torts. J'avais des raisons de penser qu'ils sont fondés, cependant ces raisons étaient privées, elles ne regardaient que moi, je n'avais pas à en faire état. Jusqu'à ce que ce monsieur trépasse, alors, je vous l'avoue, j'ai poussé un peu mon enquête sur cette rose, on ne sait jamais ce qu'on va apprendre, la vie des gens est étrange. Eh bien sachez que cette rose, il la portait sur une tombe, et sur la tombe de qui ? D'un parent, d'un frère ou d'une épouse, voire d'une maîtresse ? D'un enfant bien-aimé, arraché trop tôt à l'affection des siens, d'un fils à son père inconsolable ? D'un ami, d'un complice milicien avec qui il a pu fraterniser, il y a de l'humanité, même chez les salauds. Ou encore d'une des victimes de ces tortionnaires, dont un remords tardif lui fait honorer la mémoire, on voit de tout, même des bourreaux s'amouracher de leur souffre-douleur. Ou alors d'un musicien, d'un poète vénéré, d'un mage providentiel ? Non, Joseph. Vous permettez que je vous appelle Joseph ?

– Je vous en prie.

– Depuis dix ans, il portait tous les cinq du mois sa rose sur la tombe de son chien, au cimetière des animaux. Ce type est un monstre. Je vois que vous êtes dubitatif. Mais tant pis, c'est une anecdote, une affaire annexe à celle qui nous occupe.

– Pas du tout, dis-je, je vous crois. Ce monsieur aimait les animaux, il élevait aussi des lapins. Il en tuait un de temps à autre, il savait s'y prendre, je l'ai vu faire.

– Voilà ce qui nous occupe. Samedi, à l'appel de votre voisine Aimée, nous avons trouvé son corps étendu sous les feuilles mortes, devant le clapier de ses lapins, au fond du jardin. L'état des lapins et du corps ne laisse aucun doute, à première vue le décès remonte à plusieurs jours, au moins à huit, voire à dix. Il est mort, mais quelle est la cause du décès ? Nous nous interrogeons, dans un cas pareil cela s'impose. Nous attendons les conclusions d'autopsie mais elles tardent. Vous savez que l'Institut médico-légal se met en sous-service le week-end, c'est normal (c'est syndical) bien qu'on meure de façon suspecte davantage le week-end qu'en semaine, nous avons nos statistiques. Cependant, j'y suis passé cet après-midi, j'ai obtenu quelques renseignements, certes officieux et provisoires, mais je vous les confie : figurez-vous que ce monsieur n'est pas mort d'une crise cardiaque ou d'une embolie comme on pouvait se l'imaginer, il est décédé d'un choc violent derrière la tête. Un gros œdème sous-dural à la base du cerveau, qui a provoqué une compression des centres neuro-moteurs, entraîné paralysie, coma et mort. Qu'en dites-vous ?

Je n'en dis rien, je me contente de hausser les sourcils en sortant mes yeux des orbites, c'est bien suffisant.

– Bon, si nous savons maintenant pourquoi, nous nous demandons comment, n'est-ce pas ? Comment un homme d'âge avancé, mais encore alerte, se cogne-t-il, tombe-t-il, si malencontreusement qu'il en meurt sur place ? Et quand je dis sur place, permettez-moi de préciser que ce fut une mort lente et affreuse. Quoique foudroyant l'œdème prend plusieurs heures à s'installer, les fonctions à s'altérer, et bien qu'immobilisé par le coup, proprement estourbi, trop faible et inconscient pour appeler à l'aide, pour réaliser même que les heures passent, ce monsieur a eu le temps de contempler le paysage, de voir ses lapins derrière le grillage, de se demander, cette charogne, ce qui lui arrivait. Nous sommes suspicieux, nous inspectons : et si quelqu'un avait porté à l'homme un coup derrière la tête, criminellement ? Vous-même m'avez demandé : pensez-vous à un assassinat ? Si une personne malintentionnée l'avait suivi dans la rue traîtreusement, jusque dans son jardin, pour lui porter le coup fatal ? Je suis retourné ce soir voir votre voisine Aimée, lui poser quelques questions, je voulais en avoir le cœur net : a-t-elle entendu quelque chose, repéré les allées et venues d'un rôdeur suspect, a-t-elle senti une présence étrangère à la maison ? En réalité, je n'attendais guère d'information substantielle, c'était pure formalité. Outre que l'affaire remonte à dix jours et qu'à son âge les sens perdent de leur acuité, la vigilance de sa constance (pensez à fermer votre porte la prochaine fois), outre qu'elle est un peu sourde (avez-vous remarqué ?), avec la meilleure volonté du monde n'importe qui a du mal à se souvenir d'un fait, d'une impression passés. Je connais les témoins, j'en fréquente tous les jours, ils sont arrogants, entêtés de leur importance car grâce à eux un criminel sera confondu, quelle victoire. Il faut les voir, pleins d'assurance, vous garantir l'heure, les conditions et le détail d'un spectacle auquel ils n'ont pas assisté (c'était la veille, leur montre retarde), la couleur des cheveux d'un chauve comme on dit, les souliers d'un cul-de-jatte, le plus souvent ils ont loupé l'anomalie décisive et retenu des vétilles, ou alors ils identifient quelqu'un d'autre, c'est incroyable combien les gens sont enclins à reconnaître quelqu'un qu'ils n'ont jamais vu de leur vie. Je ne posais ces questions que par routine, je lui dis : attention, vous êtes le témoin numéro un, et voilà que la pauvre femme de tout son corps se met à trembler, à ouvrir des yeux comme des quinquets et à se tordre les mains en gémissant : arrêtez-moi, arrêtez-moi, me dit-elle, je suis l'assassin ! Vous imaginez ma surprise, ma désolation. Pauvre vieille éperdue, la tête retournée par cette histoire atroce, dans sa confusion et sa solitude se persuadant elle-même qu'elle a assommé le vieux d'un coup derrière la tête tandis qu'il nourrissait ses lapins, au fond du jardin.

C'est qu'elle donnait des détails : je l'ai assassiné avec le manche de pioche (ou de râteau) qui traînait dans les buissons. Elle aurait convaincu un régiment avec ses accents de sincérité. Je suis consciencieux, je suis allé visiter le jardin. Malgré l'obscurité, j'ai cherché sans trouver ni manche ni outil qui puisse porter un coup contondant. Je voulais surtout calmer cette pauvre femme exaltée, lui montrer combien son imagination malade enfiévrait son cerveau, la soulager de cette culpabilité terrible dont elle se chargeait. Comment ce château branlant du troisième âge entre ses deux cannes, percluse de rhumatismes et confinée chez elle (quoiqu'elle s'entretienne, elle va chez la coiffeuse), aurait-elle pu porter un coup si violent, et ajusté si précisément sur la nuque de ce fumier ? J'avais surtout des remords d'avoir provoqué chez elle une telle émotion, je craignais pour sa raison. Nous faisons un métier dangereux, nous devons rester humains en toute occasion. Je l'ai consolée et rassurée de mon mieux. Votre voisin est malencontreusement tombé sur une pierre du jardin, un vertige, un éblouissement, l'âge, il n'y a rien de compromettant dans le jardin, soyez tranquille, lui dis-je, et elle, pleurant, de me baiser les mains, de me dire qu'un ami véritable est une douce chose, que la vie solitaire et célibataire d'une vieille est bien cruelle, qu'heureusement elle a un couteau pour se défendre, la nuit qui entendrait ses cris ? Enfin elle s'est calmée, je vous assure que je n'en menais pas large. Pour finir, au moment où je la quittais, elle me dit : vous faites un bien dur métier, pour planquer et filer les malfrats quand il fait froid, quand il pleut, acceptez, ça me fait plaisir. Voyez ce qu'elle m'a offert, le cœur sur la main, sans rancune.

Joignant le geste à la parole, l'inspecteur Verlaine se penche, tire de sous son imperméable mon écharpe rouge, enfin celle de l'ennemi mortel d'István. Il me la tend pour que j'en tâte l'étoffe luxueuse, que j'apprécie la douceur de cette matière reconnaissable entre toutes, sa couleur ineffable. Aimée ne manque pas d'air, elle ne manque de rien, elle sait se faire des amis.

– En ce moment, dans la détresse sentimentale où je suis, ce geste m'est allé droit au cœur.

– C'est au moins du cachemire, dis-je sans trahir mon indignation, elle ne s'est pas moquée de vous. Cependant n'avez-vous pas peur de tomber dans la simonie ? Que ce cadeau ne contrevienne aux bons usages ?

– C'est un cadeau désintéressé, ne confondons pas tout. Personne ne m'achète, je suis mes idées jusqu'au bout. Je suis un homme loyal et fidèle, tout le monde ne peut pas en dire autant, Joseph.

– Et ne craignez-vous pas que cette couleur un peu voyante ne vous signale, votre métier veut plutôt la discrétion.

– Je la porterai uniquement à mes heures de promenade, elle est élégante, voyez l'allure. Mais le temps passe ! Je m'attarde, je m'attarde, je devrais être rentré chez moi. Cependant, avant de vous quitter, permettez-moi de vous demander un petit service. Votre voisine a la tête un peu dérangée, elle est fragile. Je trouve que le grand couteau, qu'elle m'a montré et dont elle prétend qu'il la rassure, est plutôt, entre ses mains, un danger. Je ne sais où elle se l'est procuré, mais les gens sont inconscients de confier à une personne âgée de telles armes. Elle pourrait se faire mal, ou en faire à quelqu'un. Vous avez un peu d'ascendant sur elle, elle m'a parlé de vous en termes affectueux, peut-être pourrez-vous la convaincre de vous laisser son couteau, inventez un prétexte, je serai plus tranquille. À propos, avez-vous vu ce film d'Hitchcock où Norman brandit ce genre de poignard horrible, sidérant, quel chef-d'œuvre. Allons, trêve de bavardage, je m'échappe. Vous serez peut-être convoqué un de ces jours au commissariat pour certifier que vous n'avez, comme convenu, rien entendu, rien vu, pure routine.

Au moment où je raccompagnais l'inspecteur sur le palier (la minuterie marche, bon dieu), István montait les dernières marches en soufflant, les bras chargés de paquets.

– Verlaine, s'est-il présenté en saluant de la tête au passage.

– Je me souviens, dit István de même.

– As-tu remarqué, ai-je demandé, sitôt rentrés, une fois la porte bien fermée, l'écharpe qu'il portait ?

– Pas très bien. C'est important ?

– Non, anecdotique.

– Tu as l'air contrarié, tu as des ennuis ? Suspicieux, sous mon nez.

– Aucun, je suis en pleine forme. Et toi ?

– Idem. Comment va notre docte inspecteur de quartier ?

– Il est un peu déprimé. Tout se passe comme tu l'avais prévu, à peu de chose près (passons sur l'écharpe, il vaut mieux). Aimée s'est accusée de la mort du voisin, et il ne l'a pas crue ; d'ailleurs, après inspection, il n'a trouvé aucun manche de pioche, ni pelle dans le jardin.

– Évidemment, dit István, je l'ai balancé dans le tien, l'autre soir, par-dessus le mur. Hop !

Et hop, il balance tous ses paquets sur la table de la cuisine, il se frotte les mains, en riant il se les lave dans l'évier de la cuisine, et se les essuie, Pilate. Le manche du crime, dans mon jardin collectif personnel, dans mon ingénu jardin ! À quoi penses-tu, István ?

– D'ailleurs aucun manche ne prouve rien : au mieux un malheureux indice, au pire une pièce à conviction, seulement propre à convaincre les esprits mal tournés, il y en a.

– Il y en a. István, tu joues avec le diable, tu te mets en travers du destin, receleur.

– As-tu peur du destin, Joseph ? Sa lumière te tente ? Allons, il valait mieux déplacer un peu cet instrument, j'ai juste pris une petite précaution pour éviter à notre amie Aimée la peine de tracasseries sans suites, d'interrogatoires inutiles, dans un commissariat malodorant et mal chauffé. Ce docteur de police a du bon sens, il a aussitôt flairé l'erreur judiciaire ; nous aussi, après réflexion, d'accord ? D'ailleurs, Aimée n'a pas d'inconscient, donc elle est innocente. Elle a cependant des principes et de l'éducation, sa morale est sensible, elle sait bien que le viager est un infâme calcul, une spéculation sordide, ses scrupules lui font un peu couiner les oreilles. Regarde, je lui ai acheté un cadeau : un Walkman et des CD de Verdi. Un Requiem, des cuivres et des voix, pour soulager ses tympans. J'ai dépensé de l'argent, regarde.

István sort des sacs un pantalon de flanelle, une veste de tweed, une paire de chaussures, tout est anglais et fleure bon le neuf des magasins. Il y a des cadeaux pour Christine, qu'il ne défait pas, pour les enfants sportifs, et pour Odile, un foulard magnifique, il y en a pour moi. Un appareil photo.

– C'est trop, dis-je, István, tu exagères. Tu tentes le diable, tu me fais peur.

– Je sais, tu ne t'en serviras pas. Tu détestes les photos, tu n'en as pas, tu n'en fais pas. Justement. Jamais un photon ne viendra émouvoir cette chambre noire, elle restera noire. Seule ta peau est sensible, Joseph, ta peau sans tatouage, ton armure. Nu tu n'es pas nu, parce qu'elle s'impressionne depuis si longtemps de sensations qui font à sa surface dépolie des synthèses alchimiques, par voie humide des humeurs, par réseau d'émulsions naturelles, tu es enduit d'images indélébiles, espèce de corps. Je t'offre cet appareil photo pour conjurer l'image de tous les fantômes qu'il ne gardera pas. Les images et les fantômes se déplacent, ils veulent leur liberté, seul l'historien ou le poète en approchent. Mais l'historien encore est occupé du temps et des mondes reposés qu'il agite, qu'il ressuscite en leur donnant la parole, c'est beaucoup de responsabilité, de cruauté et d'injustice que de faire parler malgré elles les choses mortes, les êtres disparus, car souvent notre mémoire est révisionniste. Comme en 1984 souvent l'archiviste efface, réduit en cendres toute trace de faits historiques avérés pour y substituer, documents et preuves à l'appui, sa fiction d'histoire orwellienne. Ou bien son cerveau malade invente et établit par avance de faux faits historiques, dûment datés, traités et consignés en archives staliniennes, procès dont la mémoire enragée se souvient, normale et véridique. Révision postérieure ou antérieure, c'est la même, pas de vérité à ce que nous vivons puisque nous n'en savons que ce que nous en racontons, et le romancier fait de même, qui trafique et maquille de fictions sa mémoire autobiographique. Seul le poète, comme le poisson de Strindberg, nageant dans les chlorures d'argent du révélateur maritime, inconscient et sensible par nature aux remuements liquides, plaque théophanique lumineuse, dit d'abord ce qu'il ignore, écrit ce qui n'existe pas, il est vu par le monde plus qu'il ne le voit, entendu par lui plus qu'il ne l'entend, par attraction érotique et transport de son âme. Souvent il est fou et il aime la mort. Il sait que nous sommes faits de mots, que seuls les mots nous donnent la vue.

Inutile d'aller dans les cimetières pour y capturer les fantômes, ils sont partout. Inutile d'aller dans l'Hadès avec Ulysse, il voit les spectres, l'âme de sa mère, mais quand il veut la serrer dans ses bras son eidôlon n'est plus qu'une ombre, un songe. Ne restons pas sur les remparts dans la brume, les rois nos pères sont des rêves. Les spectres sont partout, vagabonds dans l'espace hors du temps. Aucune photographie, aucune radiographie ne les saisit, notre conscience flotte à leur recherche ; s'ils se présentent, elle s'épouvante de leur apparition. La photo croit les montrer, elle les dissimule. Heureusement : ils sont intouchables, ils ont la tête de Méduse. Tu as raison, Joseph, de craindre les photos, elles sont le miroir de notre lumière noire, celle qui ne nous traverse pas mais réfléchit sur nous. L'image qui émane de nous est trompeuse, elle nous ressemble, réalité de l'invisible, espèce d'ectoplasme.

Cependant, je dois te dire qu'au lieu de cet appareil, j'avais pensé t'en offrir une. Je voulais te faire le cadeau d'une photo que je porte sur moi depuis longtemps, mais je ne la trouve plus, je l'ai perdue. Je crois qu'elle s'est noyée dans la Seine. Tu n'as pas tout sauvé de mes poches et de mon imaginaire en te jetant à l'eau, cher Joseph. Cette photo n'était pas grand-chose, ni vraiment un objet d'art, ni un portrait de famille, de ces images en souvenir qui ne se souviennent de rien, mais elle avait de la valeur. C'était une photo qui t'aurait plu, iconoclaste. Elle avait une histoire réelle. Pas une légende ou une prétention sémiotique, elle était elle-même sa propre histoire. Il n'y en a pas beaucoup. Elle est perdue, n'en parlons plus.

– Parle-m'en, je t'en prie, supplié-je, atterré.

– Inutile. Sans la voir tu ne me croirais pas.

– Décris-la-moi. Je te croirai sur parole.

– Impossible, elle est perdue, fantôme au fond de l'eau, et qu'importe, laisse donc. Mais cet appareil photo, j'espère que tu le garderas longtemps, sans céder à sa tentation. Attention, je te mets à l'épreuve.

Il est dangereux, séduisant, il invite à imaginer l'intimité de sa chambre noire, receleuse de secrets, menteuse. Es-tu content ?

Content je ne suis pas, ce n'est pas le mot. Ce n'est pas l'impression que j'ai, elle est inexplicable. Jamais je ne saurai ce qu'est cette photo, puisqu'elle m'appartient. Du moins, puisqu'elle est dans mon portefeuille, je l'ai et je la perds, comme au fond de l'eau. Je suis soulagé et puni. Soulagé de l'être, puni d'être content. Cet appareil m'enchante, il me concerne. Les cadeaux ne sont pas toujours aussi bien ajustés. On cherche à faire plaisir, même à soi, avec des produits, des marchandises, on se trompe. Le prix qu'on y met ne nous assure de rien, de quoi nous paie l'argent ? Au commerce des sentiments le cadeau est empoisonné souvent, il illusionne, déçoit ou embarrasse, il fait mal en faisant du bien, il achète, il trouble la valeur qu'on a cru y mettre ou qu'on croit recevoir. Savoir recevoir est une vertu, une grâce, comme savoir donner, ce n'est pas tant l'objet, c'est son pouvoir d'offense et de pardon qui nous débusque à nous-même, ainsi dit la servante de Schiller : « Amis, quel plaisir de vous servir, mais ce que je fais est par inclination sincère, je n'y ai donc aucun mérite et j'en suis affligée. » De cet appareil photo je suis affligé et soulagé, pardonné et puni, j'adopte ce cadeau. Je n'en ai aucun à faire à István, tant mieux, il lui fallait une revanche dont je ne puisse le remercier, ainsi je n'ai aucun mérite.

Et maintenant il enfile veste, pantalon et chaussures neufs, pour me montrer son élégance occidentale, il se pavane, le vaniteux, joyeux et innocent devant moi il s'expose comme si je n'étais pas là, quel signe d'amitié. Je ne sais comment il a pris le temps de tous ces achats et essayages, lui qui traque des charges nucléaires miniatures disséminées où et comment sur nos territoires, sa recherche lui laisserait-elle du loisir, alors c'est que rien ne menace vraiment, soyons sereins. Ces petites bombes A ont du bon si elles révèlent à mon ami le bonheur des compensations sentimentales. J'en juge par les papiers d'emballage : il est allé aux Galeries Lafayette dépenser sans compter son argent, moi je n'y mets plus les pieds, prudence. Et tandis que je dormais au cinéma avec Holly dans les égouts de Vienne et que je me fendais le cœur avec la musique nostalgique de notre jeunesse, il tâtait la réalité multicolore et savonneuse des billets de banque, il fait bien d'en profiter, l'argent est incarné.

– Tu vois, me dit-il soudain, songeur et complaisant, contemplant son reflet satisfait dans les vitres noires de la cuisine, j'aurais dû depuis longtemps soigner mon allure et mon apparence. Odile me trouverait de son goût au lieu de me repousser. J'aurais peut-être mieux gardé Alicia si j'avais eu le souci de lui plaire, au lieu de me présenter, brute, en mon état nature, au lieu de lésiner. Je vais raser cette moustache anachronique, je vais me mettre au régime.

Il rentre le ventre, bombe l'épigastre, il se sourit, l'animal. Être du goût d'Odile, garder Alicia. Dans l'adoration de soi le diable s'abandonne. Qu'entends-je, de quoi suis-je effrayé ? Quelle anomalie ai-je ignorée sous mes yeux aveugles exposée ? Odile s'absente chaque fois qu'il débarque, il l'ennuie, il l'insupporte. À ce point. De ses avances il la poursuit, à ses appas il en veut, le fumier. Alicia lui a concédé quelque chose, qu'il n'a pas su garder, alors que je me croyais son seul amant, quand lui, lui tournait autour sans autre espoir que de gratter ses omoplates, où elles démangeaient ! István tu m'ouvres des gouffres, des trous noirs, ta vanité t'égare. Déguisé en ingénieur occidental moderne, tu ne te sens plus de joie, tu ouvres un large bec, d'orgueil tu perds la tête, traître. Moi aussi je perds la tête. Je lui en envoie aussi sec un coup dans la mâchoire, bien ajusté, sans réflexion ni imagination, juste la pensée immédiate et sans recul critique, heureusement pour lui qu'Aimée a gardé mon grand couteau de boucher. Il tombe, je m'affale. Nous roulons sous la table. Si quelqu'un sonnait à l'instant à la porte, nous nous séparerions, nous consulterions du regard, alarmés, réconciliés, mais personne ne sonne, nous nous battons. Ou plutôt il se défend, je le rosse, sa belle veste de tweed ne m'en impose pas. Ce n'est pas tant Odile, pensé-je, donnant des coups, elle est assez grande pour aviser, pour savoir quoi faire des avances. Mais Alicia, c'est trop. Non seulement il la rencontre en goguette dans des peep-shows milanais louches, il la regarde en string à paillettes se trémousser sous des sunlights lamentables, il me la détériore, il me la gâche comme un malpropre, mais de surcroît il se vante d'avoir eu ce que j'avais en propriété secrète personnelle. La peau d'Alicia, son corps d'athlète à moi. Ses bonnes joues fraîches et ses seins inégaux, fessue, dodue, quel chien, et sa grande charpente de hangar et le foin frais de ses aisselles. C'était du temps où, pour lui plaire, je fouillais des sites magdaléniens avec son maître Bertin-Gillet. Celui-là n'aurait pas loupé l'anomalie, il n'était pas de ceux, myopes comme moi, qui traversent les chantiers de fouilles sans aviser les échantillons, les variétés, sélection perceptive, vieux renard. Moi je ne voyais que du feu, que du bleu, noyé dans mes eaux d'innocence, j'avais furieuse envie de peloter Alicia. De la sauter, d'être son amant, pas son galant, et bon dieu je l'ai sautée. Endormie, ma belle dormeuse. Il fallait qu'elle soit endormie pour se laisser prendre, cette acrobate frigide sans amour ni frisson, car elle n'avait pour mon corps gringalet, mes hanches de sauterelle qu'indifférence joueuse, que mutin mépris, moquerie de diablesse, je ne faisais pas le poids avec elle, mais endormie je l'ai eue à moi.

Qu'elle ait trouvé ce sommeil dans un joint fameux, le vin épais ou la fatigue, je ne sais. Je l'ai découverte, comme les nymphes dans les récits anciens, à la sieste étendue dans un buisson non loin des fouilles, au plein chaud de midi, pour une fois en jupe, défaite en ses habits, corsage délacé, linge froissé, tenant une main dessous sa joue et l'autre sur le haut de sa cuisse, à l'entrejambe où sa peau était marbrée telle une pierre imagée. Avec l'entrelacs arachnéen autour d'elle des branches de buissons, leur fouillis d'ombres fines dessinées sur sa peau rayée d'égratignures, c'était l'invitation d'un labyrinthe charmant, d'un nid d'oiseau à visiter, la voir et la toucher était le même désir. Et si je n'avais pas si violemment rêvé l'avoir à moi, j'aurais dormi moi-même, tant cette scène de sommeil était contagieuse à mes yeux lourds, plombés du désir de la voir, de la toucher, de dormir en elle. Cette scène ressemblait à l'équivoque et troublante méprise du somnambulique, qui croit ce qu'il voit sous ses paupières. Ses paupières elles-mêmes étaient tombées. Cependant, au travers, je crois qu'elle me voyait. Ensommeillés, ses yeux, déçus de n'être pas ouverts pour la protéger de moi, la défendre en me tenant éloigné, bombaient l'orbe et perçaient ardemment ses paupières, ses yeux blessaient les miens d'une flèche de feu, tant j'étais enfiévré d'elle, immobile et la contemplant. Dormeuse elle me voit, et moi qui veille, je dors. Puis-je la voir si je dors ? Tout en dormant l'étreindre, la prendre, soulever sans l'éveiller sa main sur son pubis, buisson d'ombres au bas dodu de son ventre, et toucher en dormant sa peau de marbre, ses fesses impériales, puis-je enfin m'ensommeiller dans son sexe, m'y délester de moi-même, m'assujettir et m'unir à son ombre. Puis-je m'oublier dans sa caverne au plus chaud de midi si son sommeil n'est pas un sommeil, mais une dormition. Si, comme la Vierge, elle ne dort pas, elle est morte. Si elle n'est pas morte, mais transfigurée. Et moi-même, sentinelle, soudard, vais-je dormir comme ceux qui perdent la vigilance à côté du tombeau du Christ, crâne ouvert aux songes vains, orbites géantes closes, mâchoire décrochée, au lieu de la garder, de la prendre. Au lieu de saisir la femme qui risque de passer devant moi et s'éloigner à jamais, sans me jeter un regard. Le sommeil d'Alicia est mon miracle de jeunesse, ma résurrection, j'en avais bien besoin, j'étais aux abois, j'avais eu de mauvaises sensations avec la fille d'en face.

Cette fois je n'ai pas pris les vessies pour des lanternes, l'occasion est chauve par-derrière. Je la touche d'abord du bout des doigts, pour vérifier qu'elle est bien morte, ou transfigurée, qu'importe. J'effleure sa cuisse veinée de statue tiède, j'écarte ses genoux ronds, j'empoigne ses seins endormis qui se soulèvent à mon approche, j'ai son souffle sur ma bouche et l'ombre des buissons me chatouille, enflamme mon visage comme des cheveux d'or, alors si elle est morte, si elle est transfigurée, je peux besogner, l'enfiler prestement, elle a juste un peu grognonné, gémi et soupiré. Je l'ai possédée et je me suis évanoui en elle, frappé à la nuque d'un coup de soleil au bas du bois, une insolation de jeunesse couronnée de lauriers, je n'allais pas demander mon reste. Une heure plus tard, elle s'étire sur la berge, s'ébroue comme une pouliche, bazarde en vitesse sa jupe, son corsage, et plonge nue dans l'eau claire de la rivière, elle éclabousse les berges, elle me crie : nigaud, plonge donc ! et elle a fouillé les magdaléniens avec Bertin-Gillet le reste de la journée, comme si de rien n'était. Je voyais sa croupe, j'étais heureux comme avec une femme. Il ne va pas me saloper Alicia, ce bâtard.

– Salaud, cogné-je, tu l'as anesthésiée pour l'avoir ? Tu l'as hypnotisée, gourou viennois ? Rends-moi mon Alicia, voleur, assassin.

Sous mes coups, István rigole, il me renverse sous la table et me maintient fermement, quelle poigne d'agent secret karatéka.

– Joseph, où es-tu, réveille-toi.

Il me claque, me secoue, je me réveille, je m'ébroue. Il me tend la main pour me relever, vais-je la prendre. On ne refuse pas une main tendue. La cuisine est restée allumée, que vont penser mes voisines du sous-sol clandestin. Il y a des tartines calcinées sur la table et du café froid, une tasse de vodka vide. Je bois du bourbon au goulot et lui passe la bouteille. Je crois que je suis en état d'énoncer vulgairement mes griefs : avances à l'une, garder l'autre, où allons-nous, que signifie ?

– J'ai bien entendu et j'exige une explication de texte. Quel fornicateur sans scrupule es-tu pour m'emprunter les femmes de ma vie. István tu t'es trahi, j'y vois clair dans ton jeu, satrape.

Il soulève ses sourcils, sort ses yeux des orbites, il en remet comme un acteur du cinéma muet, je m'y connais, je sais faire.

– Avances ? Ai-je dit avances ? Bizarre, c'est bizarre. Je ne suis pas sûr, mais j'ai dû parler de mes cadeaux à Odile, de mes pacotilles de goujat, je la déçois. J'ai vu son manège, ses absences ne sont ni hasard ni coïncidence : elle me prend pour un minable ingénieur hongrois sans goût ni manières. Je l'ennuie, je l'insupporte, voilà mon sentiment. Voilà ce que je crois, et ce que j'ai dit. Je crois.

Que mon ami a l'air sincère et qu'il ment bien sur son sentiment. Comme on ne peut pas remonter en arrière et réentendre la bande-son, on ne va pas réveillonner là-dessus, laissons tomber le sujet, István, il est trivial. Non seulement Odile prend les avances qu'elle veut avec sa liberté de femme pionnière, de chef d'entreprise intrépide, mais je ne vais pas m'offrir le ridicule d'une scène de jalousie déplacée avec mon meilleur ami, et si Odile le tente, je le comprends. C'est d'Alicia qu'il s'agit. Je n'ai pas digéré son histoire de peep-show, depuis l'autre soir je l'ai en travers de la gorge.

– Tu m'as esquinté la mâchoire, et tu t'es esquinté le front. Tu as déchiré mon veston de luxe, geint István. As-tu du fil et une aiguille ?

Nous ressortons la trousse d'infirmière et nous nous frottons avec des onguents. Nous sortons la trousse de première nécessité en couture et cherchons une bobine adéquate ; maniaque, il exige aussi un dé. Tandis qu'il raccommode sous la lampe, je ressasse.

– Ne me raconte pas d'histoire, István, tu ne l'as pas reconnue, sinon tu dirais : c'était elle. Tu n'es pas si sûr. Impossible qu'Alicia, qui gagne sa vie avec les magdaléniens, montre son cul aux Milanais en goguette. Souviens-toi de cette fille, elle était noble et digne, elle portait son corps primitif de peinture italienne avec élégance et foi en soi, son corps toujours d'attaque pour célébrer les noces païennes avec le soleil et l'eau, prête à s'endormir dans les buissons parce qu'elle avait trop fumé d'un joint ou trop picolé de bourgogne. Une fille nature à croupe de pouliche ne porte pas de strings, elle est infoutue de supporter dans la fente de ses fesses le frottement d'une ficelle en strass, de se maquiller comme une Anna Magnani fourvoyée, et de se tortiller pour exciter le chaland. Jamais Alicia ne se trémousse impudiquement, elle passe devant vous, souveraine, se dénude et plonge dans l'eau, une fois pour toutes.

Tu as sincèrement cru voir Alicia parce que tu étais honteux d'être entraîné par un calcul un peu bas, de mettre ce prix à la réussite de ta négociation, et tu n'étais pas content, pas fier, de te trouver dans ce lieu louche, avec des compagnons méditerranéens mal émancipés, coincé dans ta cabine avec une pénible boîte de Kleenex pour éponger ton éjaculation solitaire. Il te fallait substituer à la femme vulgaire, travaillant sans entrain et sans art, une figure de compensation propre à te réconcilier avec toi-même. Il te fallait remplacer avec le songe, le fantôme de la beauté et du bonheur, la réalité ingrate, hostile et avilissante, racheter avec de l'illusion la marchandise veule dont tu ne voulais pas. Tu es allé chercher loin, parmi les revenants qui hantent l'espace hors du temps, celui qui s'opposait le mieux à cette vision, tu as installé Alicia avec toi pour te sauver, tu l'as convoquée.

Et je ne peux supporter cette convocation de notre jeunesse, Alicia m'appartient aussi, nous la partageons. Tu ne peux me la confisquer, la détériorer sans me blesser, sans détruire au fond de moi, et de toi, par le pouvoir empoisonné des mots, le terrible et dévastateur pouvoir des contes qui nous enchante et nous convainc du mensonge, l'image intacte, vivante et belle, d'un souvenir de jeunesse, dont la vérité et le secret n'ont été entamés ni par l'énoncé, ni par le commentaire, et nous savons que les mots sont plus forts que le monde. Méfions-nous d'eux, nous sommes responsables d'eux. Si tu veux garder Alicia, tu n'as besoin ni de ta veste de tweed, ni de tes chaussures anglaises, ni de cadeaux somptueux pour racheter le temps perdu, il n'est pas perdu. Nous n'avions alors aucune idée du pouvoir et de l'argent, de comment, et où, se dissémine leur force de corruption, comment à les convoiter ils nous avilissent et dégradent en nous le désir, le courage et l'amour. Ne touche pas à Alicia, István, garde-la. Nous n'étions peut-être pas bien malins, nous lisions *Rue Christine* et nous écrivions des poèmes-conversations, nous lisions les romans comme des promesses d'avenir, nous croyions que tout était possible et déjà écrit, nous ignorions combien le moindre geste nous engage et nous oblige. Mais c'est l'époque où nous sommes devenus amis, quelque chose qui est daté, véridique et mémorable, nous empêche de douter de ce que nous faisons et de ce que nous sommes.

– Comme c'est étrange, dit István, en coupant le fil avec ses dents (mâtin, tu vas abîmer ton émail, j'ai des ciseaux de couture !). Nous avons Alicia en partage, c'est une chose avérée, véridique, bien que ni l'un ni l'autre ne sachions, au fond de notre mémoire, ce qu'elle nous a laissé d'image, si elle est la même, si son souvenir se ressemble en nous, s'il nous unit ou nous sépare. Nous passerions des nuits à chercher cette revenante, à chasser son image incertaine et à lui donner la parole malgré elle, nous ne nous raconterions que nous-mêmes. Peut-être vaut-il mieux ne pas savoir quelle différence il y a entre la tienne et la mienne. Si jamais, à les comparer, nous trouvions des étrangères, nous constaterions avec effroi ce qui nous divise, ta singularité secrète et la mienne. Elles ont fait alliance en s'ignorant, elles ont fait ce pari, peut-être est-ce là une amitié. Nous inventons d'étranges liens pour être ensemble.

Cela me rappelle mon grand-père, qui avait une tumeur au cerveau et qui est mort bienheureux, réconcilié avec le monde. Il avait de terribles maux de tête qui le rendaient fou. Il croyait voir des monstres, des tremblements de terre et des ruines, des lions aux têtes fendues à Odessa, à Saint-Pétersbourg, des morceaux de verre partout sous ses pieds, il bramait parce que des lapins enragés dévoraient sa main, il voyait des crânes dans des masques à gaz, il voyait dieu aussi, et le diable quelquefois, il les engueulait. Les médecins se sont emparés de son cas. Ils l'ont soigné avec les moyens de la chirurgie moderne. Trois fois il est allé à la clinique pour qu'on lui ôte du crâne sa tumeur maligne, une ossification interne qui compressait son cervelet. On l'a opéré trois fois, parce que sa tumeur repoussait entre-temps, sans anesthésie, au trépan, au burin. As-tu lu *Voyage autour de mon crâne* ? Karinthy dit comment, assis, il se raidissait sous le linge, accoudé à la table de dissection, comment il criait tandis qu'on ouvrait son crâne dans toute sa longueur, comment il sentait le trépan vombrir, entrer le scalpel, et les craquements terribles, comme on ouvre un pot de confiture, quand on arrachait de son cerveau des morceaux d'os entiers qui éclaboussaient de noir le pantalon du bourreau, et il criait frénétique : arrachez, tenez ferme mon vieux, frappez, espèces de bouchers, il encourageait le marteau-piqueur, de la pure folie.

C'est alors que mon grand-père rencontre le Pr. Tetmajer à l'asile où on l'avait conduit, il souffrait de la même chose. Cet homme excellent l'a sauvé d'une mort atroce et désespérée. Il lui a expliqué que cette souffrance dans sa tête n'était pas une prolifération maligne d'excédent osseux, une aberration neurobiologique qui le condamnait à n'être qu'un déchet de l'espèce. Il l'a convaincu que cette maladie était sa propre question normale, inconsolable, d'homme historique. Les images de son système nerveux central étaient les convulsions de son pays, amputé de son territoire et de sa mémoire ; comme lui il était humilié par l'horreur de la guerre, et par sa bassesse de survivre au massacre collectif en jouissant du beau temps, de sa femme et de son élevage de lapins. Il lui a expliqué qu'il souffrait d'appartenir à une langue parfaite, unique, celle des philosophes et des poètes hongrois, et, homme du peuple, d'être condamné aux quelques vocables résiduels de la vie. Aussi que sa tumeur ressemblait à la schizophrénie inhérente aux démocraties populaires qui incarcère la liberté dans les caves de l'esprit, on y cherche la part du prévisible et de l'imprévisible, on devient fou sous le joug des tyrans. Sa tumeur était d'agoniser dans le temps universel sans avoir compris qu'il n'est qu'expérience de sujet accidentel, et aussi de la nostalgie de valeurs anciennes, de plaines et de fermes aux puits à balance, qui vous vient devant la porte de l'usine nationalisée de votre fils. Il lui a expliqué, en résumé, que sa tumeur était saine, humaine, normale. Il y a mis le temps, mais mon grand-père, qui n'était pas bête, a compris au moins ceci : son mal est son bien. Au lieu d'être le dément, l'aliéné pitoyable et souffrant, il rejoint son semblable, il lui ressemble. Sa tumeur est la liberté de son esprit, clairvoyant sur la folie du monde, ses visions insensées sont la chose commune, il est la langue et l'histoire de la Hongrie ensemble, sa mélancolie et sa rage, son âme baroque et susceptible. Ce Tetmajer avait les mêmes visions d'enfer, la même douceur, ils finissaient par échanger ensemble, à mi-voix, leurs visions horribles, par les apprivoiser, en sourire. Je peux dire que, d'avoir trouvé son semblable en lui-même, de s'être un peu reconnu, mon grand-père est mort heureux, car il est mort de lui-même, de son propre chef, volontaire, à l'heure exacte où Tetmajer est mort, par solidarité extrême avec son semblable, son frère en lucidité. Était-il son ami ? Qu'en sais-je, mais il avait un lien avec lui.

Je dois te dire enfin que je garde de mon grand-père quelque chose qu'il m'a donné. Dans cette boîte de cachous je garde ce sable, regarde. C'est de la poussière d'os. Les morceaux broyés de sa tumeur, arrachés par les bourreaux à son crâne. Quelquefois, je regarde ce sable, il est mon garde-fou. J'aimais cet homme. Il a été incinéré, ses cendres ont été dispersées, selon leur vœu, avec celles de Tetmajer, c'est une vieille histoire, j'avais huit ou dix ans. Cette poussière est tout ce qui me reste de lui, mais ce n'est pas macabre, Joseph, ce n'est pas funèbre. C'est plutôt joyeux, me crois-tu ? Je me dis que ce sable de son cerveau est la liberté inaliénable d'une pensée, d'une résistance, minérale. Dispersable, mais incompressible. Il est une croyance, une foi. La maison de Vienne est de ces endroits de pèlerinage qu'on s'invente pour fixer quelque part un peu de soi, s'y donner rendez-vous. À l'occasion je m'y rends, je ne pense à rien. Je me balade entre les meubles, les malles et les cartes, les livres de Sigmund qui aimait tant les symboles, les fétiches et les damnés de la terre. J'ai repensé à mon grand-père à cause d'Alicia que toi et moi avons en indivision. Elle est l'excroissance mentale qui nous rend inséparables, notre amour imaginaire. Elle est aussi bien notre lucidité que notre folie, elle est notre lien, gardons-la. Tu me suis ?

– C'est étrange que tu m'apprennes enfin comment est mort ton grand-père au moment où je m'y attends le moins. Si je suis ta pensée, à notre amitié, dont Alicia est l'image incertaine, tu associes celle de ton grand-père avec ce miraculeux Tetmajer, tandis que je songe, moi, à ce moment-là, à une scène de sommeil somnambulique et de résurrection érotique au soleil d'été, quelles étranges voies empruntons-nous pour être ensemble, notre conscience est syncopée. La vie se vit par bouffées, selon des nuages d'assemblées neuronales, amoncelés ou dispersés aux vents capricieux de nos sensations ou de nos pensées. Qui voudrait voir clair en nous ne trouverait qu'incohérence et paradoxe, impropriétés et confusions, et cela pourtant nous meut, nous unit, bien que ne ressemblant en rien à un scénario ou un programme, plutôt à un film ou un roman. De même notre vision approximative nous renseigne mal et comme par hasard d'anomalies bénignes, ne traite que certaines places d'intense focalisation en ignorant grossièrement le fond, la périphérie, quand nous n'avons pas, de surcroît, des lésions ignorées, des zones aveugles du cortex visuel, qui sont des lacunes non restaurées du réel, trous noirs, gouffres qu'aucun signal ne stimule ; les nuages de neurones peuvent s'amonceler, nous ne saurons pas le fin mot de l'histoire. Nous manquons de discernement, ou de discrimination, ou de correspondances, et c'est bien ainsi, mais je me demande comment il se fait.

– Que se fait-il, Joseph ?

– Je me demande comment il se fait que j'aie pu voir huit jours sans le voir mon voisin mort dans le jardin, ou alors un vieux tas de chiffons, enfin un chien couché, du moins j'y ai pensé une fois, ensuite je me suis habitué, j'ai oublié, pourtant je le voyais. Ou bien il ne faisait pas signe à mes catégories perceptives, ou bien j'ai une lésion imaginaire à cet endroit. La fenêtre est coincée, la vitre est embuée, mais ce n'est pas une raison.

Le téléphone sonne, c'est Odile. Elle rentre demain, je ne connais pas sa dernière chambre d'hôtel, j'ai envie de l'imaginer, elle me manque. Non, c'est une communication pour István, un monsieur poli. L'entretien est bref, István repose le combiné.

– Joseph, je suis contrarié, j'ai des ennuis. Il faut que je reparte à Vienne, dans les plus brefs délais.

C'est-à-dire tout de suite, par le premier train, dans à peine une heure.

Je n'ai pas le temps de poser beaucoup de questions, j'encaisse le coup, mais sans émotion. Il me semble que je m'y attendais. D'ailleurs il m'explique volontiers, tout en faisant ses bagages, que dans ses affaires souvent il lui faut lever le pied au dernier moment, se rendre au plus vite à une commission, une expertise urgente, cela fait partie de ses obligations. Que Christine supporte de moins en moins, lui-même il se sent fatigué, il n'est plus de toute jeunesse et les ingénieurs se recasent très bien dans le privé, les entreprises de l'Ouest délocalisent en Hongrie, mon vieux, je crois que je vais prendre ma retraite anticipée cette année, ou l'année prochaine. On ira quelque part en vacances, avec Odile et Christine, en Grèce ou en Italie. Depuis combien de temps n'avons-nous pas voyagé ensemble ? Il ne faut pas que je rate ce foutu train.

– Mais, objecté-je, que ne prends-tu l'avion au lieu de courir sans discernement après des trains de nuit, des trains interminables et sans correspondances ?

– Impossible, Joseph, je ne peux pas décoller, je ne peux pas quitter la terre. Il faut que je meure dans l'eau, absolument, tu sais bien. Je ne peux pas courir de risques.

Malgré l'urgence il plie, soigneux, méticuleux (j'enrage), il range ses pulls moches dont il ne s'est pas servi, ses chemises et ses chaussettes, ses vêtements neufs et raccommodés, les trempés mal séchés, il renfile ses souliers de voyage, pelucheux, il rassemble sa trousse de toilette. On dirait qu'il part encore en colonie de vacances. Il tapote son portefeuille dans sa poche de veston, s'assure de ses poches.

– Joseph, mon ami, ne sois pas inquiet, ne m'en veuille pas de ce départ précipité, je reviendrai, tu le sais. Nous nous retrouverons bientôt. En attendant, je ferai attention à moi, à ne pas suivre n'importe qui n'importe où, sans m'assurer que tu es avec moi.

Il rit, il m'envoie une claque dans le dos.

– Je t'accompagne à la gare, dis-je, pris d'une inspiration subite, enfilant mon imper, empoignant son sac de voyage.

– Tu crois que c'est une bonne idée ? résiste-t-il. Les embrassades sur les quais de gare nous font du mal. Celui qui s'en va ne veut plus partir, par fidélité ou par dignité, c'est tellement bête de s'en aller seul, de déserter la place où nous étions vivants ensemble. Et celui qui reste veut s'en aller aussi, par loyauté, par solidarité, c'est tellement bête de demeurer où la vie nous enracine et nous sépare.

– Je n'attendrai pas le départ du train, je veux juste sentir avec toi l'odeur du métro parisien que tu aimes tant, son atmosphère, son éclairage et son ossature sentimentale pleins d'intensité humaine, je veux juste faire un bout de métro avec toi.

– Nous allons prendre un taxi, dit István, ça nous laissera un peu de temps à la gare, pour rester ensemble.

À la gare de l'Est, le vent s'engouffre, traverse les quais. Après avoir pris le billet, nous nous réfugions dans un de ces cafés sans grâce où s'entassent à cette heure les employées des Galeries Lafayette ou des bureaux du quartier, en sursis d'un départ de train de banlieue ou d'un rendez-vous hâtif, le coin n'est pas romantique, mais tant mieux. Traînent des papiers gras, des journaux du matin, des Kleenex usagés sous les tables encombrées de verres ou de tasses sales. Traînent des types dégradés qui ne font même plus la manche, ils ont renoncé à commercer de leur pauvreté, elle est dévaluée. Traînent aussi de jeunes types ravagés avec des chiens de garde, au crâne rasé, aux bras tatoués. Entre eux courent des voyageurs électriques, de moyen ou long-courrier, emportés vers des destinations périphériques ou borderline, chacun son destin. Nous deux, nous sommes immobiles au milieu du tournis, du bruit, du vent et de la pluie qui tombe sur la ville, au milieu de la nuit d'automne et des feuilles mortes, et jamais plus, István, nous ne reviendrons chez Anselme, nous ne marcherons plus sur les quais de poésie factice de notre jeunesse. Jamais plus je ne te ferai les poches, l'occasion ne se présente qu'une fois, il fallait la saisir. Elle ne reviendra pas, je ne serai plus tenté. Rien ne recommence, sinon dans notre imagination, dans nos souvenirs et nos rêves, ils sont tenaces mais ne sont pas la réalité.

En face de moi, dans la réalité, le visage d'István s'estompe. Il est éclairé par le néon verdâtre et gluant des gares, cela m'aide sans doute un peu à le perdre de vue. Mais surtout déjà il me quitte, déjà je l'oublie. Son visage s'est mis à fourmiller, il faudrait que je le retienne. Il faudrait empêcher que se fondent et meurent les formes exactes du nez, de la paupière, la ride qu'il avait au coin des lèvres, et le dessin de sa moustache de jeune homme que je ne reconnais pas sur le palier. Déjà je ne vois de ses traits que ce fourmillement de plus en plus pâle, par saccades mon œil opère encore, cherche ses points de visée avec la rectitude de la balistique, une fois lancé il ne corrige plus. Il atteint des places locales sans cohérence, grain de la peau, surface blême, il ignore au passage le *reste*. Je n'ai déjà plus la force de lire le texte de son visage, de le construire et le stabiliser, de revoir l'unité imaginaire de sa face, ou celle du roman. D'y chercher avec fièvre, avec passion, l'anomalie, l'étrange ressemblance à soi, de la connaître. Dès cet instant j'oublie d'y croire, cela fait moins mal que de chercher encore, de retenir et d'appeler l'invisible du visage, du paysage, de le sommer de comparaître, il y faut tant d'amour, je suis fatigué. Je laisse le fourmillement m'envahir, m'aveugler, mon ami, mon cher ami, cher István, il est temps que je te quitte, et que tu m'oublies.

– Tu as toutes tes affaires, tu n'as rien oublié ? dis-je par routine, comme on le dit aux gens qui s'en vont. As-tu bien ton écharpe. Ton billet ?

Il réfléchit, il regarde autour de lui, les gens et la gare désolée, ce n'est pas un bon endroit pour se quitter. Il dit :

– Si, j'oublie quelque chose.

Si c'est l'homme de Budapest que tu suis nuitamment au bord des quais de toutes les villes d'Europe, oublie-le, je m'en charge. Je me poste derrière lui, je traverse son crâne d'ordure et je lui intime l'ordre d'aller voir ailleurs si nous y sommes ; je le supprime, je sais faire, crois en moi. Comme ça tu ne me prendras pas pour lui à la première occasion, tu seras moins dangereux. Si ce sont tes souvenirs d'enfance, je m'en charge aussi. J'ai au fond de ma poche du sable d'image dont je veux me débarrasser. J'en ai assez de garder en mémoire des maisons qui penchent, des plages et des mers du Nord, elles piquent mes yeux de larmes amères, elles m'empoisonnent. Il me faudrait une boîte de cachous pour transformer comme toi en souvenir joyeux les histoires atroces, mais je n'ai pas le courage, je ne connais pas la maison de Freud. Et cette photo à histoire, que je ne connaîtrai pas, je vais la foutre à l'eau, dans la Seine, où elle devrait être déjà depuis longtemps.

– Je laisse quelque chose, mais c'est que je veux m'en défaire.

– Je m'en charge, je suis ton ami, dis-je en lui tapotant la main, gentiment.

Qu'elle est froide, bon sang. Quelle inconséquence, quelle légèreté, les mots faciles, ils ne coûtent pas cher, ils nous obligent, ils nous engagent sans que nous y pensions, et les dieux entendent nos vœux.

– Alors, viens. Puisque tu es mon ami, viens, me dit-il, se décidant soudain.

Nous allons jusqu'à la salle de la consigne, elle est déserte. Il cherche au fond de son portefeuille le satané ticket que jamais je n'aurais dû lui rendre, j'aurais dû le balancer dans l'eau noire de la Seine, le déchirer, le brûler, l'avaler. J'aurais dû le perdre sur la voie publique, parmi les papiers gras de n'importe quelle gare, il aurait fini déchiqueté dans une décharge.

Il introduit le ticket, il ouvre un des coffres, il entrebâille la porte, sans s'avancer. Il regarde derrière lui, puis me fait signe de la tête, m'invite à regarder. Je me méfie tant il est humble et prudent, effrayé et blême. Vous le seriez de même. L'entrebâillement des portes est terrible, il vous invite, il vous tente, et vous savez toujours à l'avance ce qu'il faudrait ne jamais voir, ne jamais entendre. Pourtant, prompt comme l'aile de la méditation, prompt comme une pensée d'amour, je vole à mon malheur. Pourtant, je regarde, comme la femme qui entre dans la chambre de Norman ; elle voudrait voir quelque chose qui la renseigne, vous aussi, mais vous ne verrez pas ce que je vois. Vous ne verrez que mon visage incrédule, l'étonnement infini, l'effroi et la compassion de mon visage. Vous pourrez seulement lire sur mes traits la tristesse mortelle, la douleur et l'irrésolution au moment où s'offre à moi ce que je ne comprends pas, cela me dépasse. Voyez mon visage, imaginez ce que vous voulez, mais sachez que cela vous ressemblera, chacun son secret. Et ce ne sera ni le monstre maternel empaillé au fond des caves, ni la gueule d'un dieu fulminant surgissant de la mer, ou de la fange, avec sa tête de phares et de calandres, cette figure rudimentaire et affreuse tirée du marécage des rêves humains, cela n'existe pas. Ce que je vois existe, mais ne se pense pas, tant cela s'apparente à quelque chose d'enfantin, d'anodin, dont on discerne à peine l'anomalie, qui n'a ni nom ni forme appropriée à notre connaissance, quelque chose d'innocent et de vrai, est-ce que cela te ressemble, István, est-ce le secret de ton âme ?

J'ai moi-même repoussé la porte. Il m'interroge du regard, ah s'il pouvait avoir sa tête de tout à l'heure, sa tête de quelqu'un qui part et qu'on oublie, qui s'estompe déjà dans l'éloignement sentimental. Mais il a une tête tellement humaine, tellement exacte et réaliste, peau tendue sur le crâne avec ses reliefs, et des yeux vivants qui vrillent les miens, il me semble que je me regarde moi-même. Nu je ne suis pas nu, toi non plus, ce n'est pas possible d'être aussi nu, il y a trop longtemps que nous faisons le même rêve.

– Alors tu as raison, toi et moi laissons cela, dis-je avec effort, parce qu'un cadeau pareil non, je n'en veux pas. Tu n'es pas mort, István, ça va. Nous sommes vivants.

– Je vais m'en aller, dit-il. Ne te retourne pas. Ne m'oublie pas, Joseph.

Je ne risque guère. Jamais je ne t'oublie, où que tu sois. Même si je te laisse maintenant, l'air las et mélancolique, passer devant moi, t'éloigner et disparaître, comme si nous étions des inconnus, comme si tu étais mon rêve, les feuilles mortes tombent sur l'allée du cimetière. J'allume une cigarette et je souffle la fumée.

En rentrant, j'ai contrôlé la minuterie, elle marche, bon dieu, et ma sonnette aussi. J'ai bien refermé ma porte, suffit les visites. Dans la cuisine, j'ai un peu rangé ce bordel de vieilles tartines carbonisées, de verres sales qui sentent la vodka, le bourbon des soirs d'insomnie, que dirait Odile. J'ai changé l'eau des œillets, j'ai nettoyé le grille-pain, il grille mais sans arrêter, il faut surveiller. Sinon c'est la catastrophe. Comment être sûr du prix qu'on met aux choses. Je me suis douché, j'ai laissé sécher, mon métabolisme est correct. Je me souviens de la Grèce, c'est un bon souvenir de vacances. Je regarde par la fenêtre. Il fait nuit, mais en ville il ne fait jamais noir comme dans un four. Les dames asiatiques sont absentes, dans les vasistas éclairés il n'y a pas de tête, peut-être me boudent-elles après toutes ces fantaisies. Dans le jardin voisin, on ne voit pas grand-chose, qu'un fouillis de feuilles, de branches mortes, des clapiers de lapins, vides. Si on veut, on peut voir un vague tumulus, un tas de chiffons, un chien couché. Ou alors un chameau, une belette, une baleine. On peut voir tout ce qu'on veut avec un peu d'imagination, et même sans jumelles, même à travers la buée, il suffit d'être observateur.

DU MÊME AUTEUR

L'Homme de Blaye
Flammarion, 1984

Voie non classée
Flammarion, 1985

L'Insomniaque
Flammarion, 1987
et « Babel », n° 440

Fous de bassin
illustré
(avec Jean-Pierre Moussaron et Alain Pujol)
Vivisques, 1988, et Mollat, 1995

Petite Fabrique de l'image
Parcours théorique et thématique
(avec Jean-Claude Fozza et Françoise Parfait)
Magnard, 1988 et 2003

Le Monarque égaré
Flammarion, 1989
et « Points », n° P205

Chambre noire
Flammarion, 1990
et « Babel », n° 887

Aden
prix Femina
Seuil, 1992
et « Points », n° P1606

Photos de familles
Seuil, « Fiction & Cie », 1994

Merle
Seuil, 1996
et « Points », n° P621

L'Amour de loin
Image
Actes Sud, 1998

Dans la pente du toit
Seuil, 1998

Les Mal-Famées
Actes Sud, 2000
et « Babel », n° 557

Nous nous connaissons déjà
Actes Sud, 2003
et « Babel » n° 741

Un tout petit cœur
Actes Sud Junior, 2004

Une faim de loup
Lecture du Petit Chaperon rouge
Actes Sud, 2004
et « Babel », n° 929

La Rotonde : panorama
Actes Sud, 2004

Dans la main du diable
Actes Sud, 2006
et « Babel », n° 840

On ne peut pas continuer comme ça
Atelier in 8, 2006

L'Enfant des ténèbres
Actes Sud, 2008

Hongrie
Actes Sud, « Un endroit où aller », 2009

La Diagonale du square
Atelier in 8, 2009

Pense à demain
Actes Sud, 2010

COMPOSITION : NORD COMPO MULTIMÉDIA
7 RUE DE FIVES - 59650 VILLENEUVE-D'ASCQ

Cet ouvrage a été imprimé en France par
CPI Bussière
à Saint-Amand-Montrond (Cher)
en avril 2010.
N° d'édition : 102938. - N° d'impression : 100502.
Dépôt légal : mai 2010.